HEYNE BÜCHER

SCIENCE FICTION

Herausgegeben
von Wolfgang Jeschke

Von STAR TREK – STARFLEET KADETTEN
erschienen in der Reihe
HEYNE SCIENCE FICTION & FANTASY:

John Vornholt, *Star Trek Generation* · 06/6501
Peter David, *Worfs erstes Abenteuer* · 06/6502
Peter David, *Mission auf Dantar* · 06/6503
Peter David, *Überleben* · 06/6504
Brad Strickland, *Das Sternengespenst* · 06/6505
Brad Strickland, *In den Wüsten von Bajor* · 06/6506 (in Vorb.)
John Peel, *Freiheitskämpfer* · 06/6507 (in Vorb.)
Mel Gilden & Ted Pedersen, *Das Schoßtierchen* · 06/6508 (in Vorb.)
John Vornholt, *Erobert die Flagge* · 06/6509 (in Vorb.)
V. E. Mitchell, *Die Atlantis Station* · 06/6510 (in Vorb.)
Michael Jan Friedman, *Die verschwundene Besatzung* · 06/6511 (in Vorb.)

BRAD STRICKLAND

DAS STERNENGESPENST

Star Trek®
Starfleet Kadetten
Band 5

Deutsche Erstausgabe

WILHELM HEYNE VERLAG
MÜNCHEN

HEYNE SCIENCE FICTION & FANTASY
Band 06/6505

Titel der Originalausgabe
STAR FLEET ACADEMY # 4
THE STAR GHOST
Übersetzung aus dem Amerikanischen von
UWE ANTON

Redaktion: Rainer Michael Rahn

Die Erstausgabe erschien bei Pocket Books,
a division of Simon & Schuster, Inc., New York

Printed in Germany 1995
Umschlagbild: Alan Gutierrez
Innenillustrationen: Todd Cameron Hamilton
Umschlaggestaltung: Atelier Ingrid Schütz, München
Satz: Schaber Satz- und Datentechnik, Wels
Druck und Bindung: Ebner Ulm

ISBN 3-453-09054-3

Für Marilyn Teague:
»Grußfrequenzen geöffnet!«

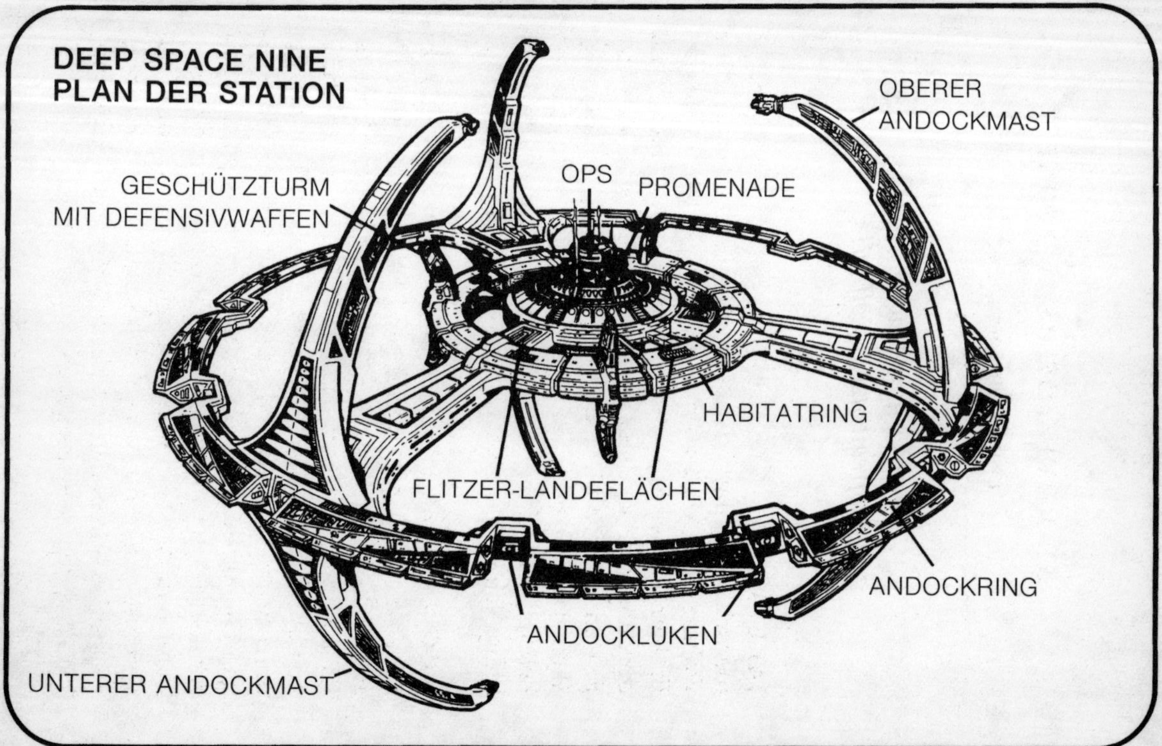
DEEP SPACE NINE
PLAN DER STATION
OBERER ANDOCKMAST
GESCHÜTZTURM MIT DEFENSIVWAFFEN
OPS
PROMENADE
HABITATRING
FLITZER-LANDEFLÄCHEN
ANDOCKRING
ANDOCKLUKEN
UNTERER ANDOCKMAST

STAR TREK: DEEP SPACE NINE

Die Hauptpersonen

JAKE SISKO – Jake ist Teenager und der einzige menschliche Junge, der ständig auf Deep Space Nine wohnt. Jakes Mutter starb, als er noch sehr klein war. Er kam mit seinem Vater auf die Raumstation, fand dort aber nur sehr wenige Kinder in seinem Alter vor. Er erinnert sich nicht an das Leben auf der Erde, mag aber Baseball und Schokoriegel und würde sich am liebsten vor seinen Hausaufgaben drücken. Sein Vater billigt seine Freundschaft mit Nog nicht.

NOG – Ein junger Ferengi, dessen wichtigstes Ziel im Leben es ist, Geld zu verdienen. Darin unterscheidet er sich nicht von den anderen Mitgliedern seiner Spezies. Es stört ihn nicht, daß sein Vater Rom häufig geschäftlich unterwegs ist und sein Onkel Quark dann auf ihn aufpaßt. Nog hält die Menschen mit ihren Vorstellungen von Vertrauen, Hilfsbereitschaft und Freundschaft für seltsam. Er versteht Jake nicht immer, doch da sein Vater ihm den Umgang mit dem Jungen von der Erde verboten hat, sind Nog und Jake die besten Freunde. Nog spielt anderen gern Streiche, versucht aber immer, Odo aus dem Weg zu gehen.

COMMANDER BENJAMIN SISKO – Jakes Vater wurde von Starfleet Command als Befehlshaber der Raumstation und Verbindungsoffizier zwischen der Föderation und Bajor nach Deep Space Nine versetzt. Seine Frau kam bei einem Angriff der Borg ums Leben, und er zieht Jake allein groß. Er hat stets sehr viel zu tun, bemüht sich jedoch, mehr Zeit für seinen Sohn zu finden.

ODO – Der Sicherheitsoffizier wurde vor vielen Jahren von bajoranischen Wissenschaftlern gefunden und weiß nicht, woher er ursprünglich stammt. Er ist ein Gestaltwandler und kann daher für eine gewisse Zeit jede beliebige Form annehmen. Normalerweise bewahrt er ein menschenähnliches Äußeres, doch etwa alle sechzehn Stunden fällt er in seinen natürlichen flüssigen Zustand zurück. Gesetzesbrechern bringt er keine Nachsicht entgegen, und Ferengi noch weniger.

MAJOR KIRA NERYS – Kira war während der Besetzung Bajors durch die Cardassianer Freiheitskämpferin im bajoranischen Untergrund. Nun vertritt sie auf der Station die Interessen Bajors und ist Siskos Erster Offizier. Ihr Temperament ist legendär.

LIEUTENANT JADZIA DAX – Eine alte Freundin von Commander Sisko und Wissenschaftsoffizier. Dax ist eine Trill und besteht in Wirklichkeit aus zwei miteinander verbundenen Wesen. Im Wirtskörper einer jungen Frau lebt ein Symbiont mit eigenständigem Bewußtsein. Sisko kannte den Symbionten Dax in dem vorhergehenden Gastkörper, der männlich war.

DR. JULIAN BASHIR – Der abenteuerlustige Dr. Bashir zählte zu den besten Studenten seines Jahrgangs und bat darum, auf einen Außenposten am Rand des Föderationsraums versetzt zu werden. Seine Begeisterungsfähigkeit bringt ihn manchmal in Schwierigkeiten.

MILES O'BRIEN – Früher Transporter-Chef an Bord der *USS Enterprise* und nun Leiter der technischen Abteilung auf Deep Space Nine.

KEIKO O'BRIEN – Keiko war auf der *Enterprise* Botanikerin, zog aber mit ihrem Ehemann und ihrer kleinen Tochter Molly auf die Station um. Da es für eine Botanikerin auf Deep Space Nine kaum etwas zu tun gibt, hat sie eine Schule eröffnet und unterrichtet alle Kinder, die ständig oder auch nur zeitweise auf der Station wohnen.

QUARK – Der Ferengi ist Nogs Onkel und Geschäftsmann. Ihm gehört ein Restaurant, dem ein Spielkasino und Holo-Kammern angeschlossen sind. Es befindet sich auf der Promenade, dem zentralen Schauplatz zahlreicher Aktivitäten auf der Station. Quark hat bei jedem Geschäft, das an Bord gemacht wird, die Hand im Spiel, und schafft es fast immer, dem Gesetz – normalerweise in Gestalt von Odo – einen Schritt voraus zu bleiben.

1

Es gab Zeiten, da verabscheute Jake Sisko es geradezu, auf einer Raumstation zu leben. Der vierzehnjährige Junge von der Erde zog die offene Weite und die Aufregungen, die eine lebende Welt bot, der beschränkten Enge aus Metall und Glas von Deep Space Nine vor. Doch er mußte eingestehen, daß es manchmal seine Vorteile hatte, hier zu leben. Zum Beispiel stellte es kein Problem dar, sich von den Erwachsenen wegzuschleichen und sich mit seinem Freund Nog zu treffen.

Nogs Onkel Quark gehörte eine Bar und ein Restaurant auf der Promenade, dem Geschäftszentrum der Raumstation. Nicht allzu weit davon entfernt befand sich die Spielhalle *Galaktische Abenteuer*. Sie gehörte einem Bajoraner und war mit allen möglichen modernen holographischen Spielen ausgestattet, die man gegen eine Gebühr benutzen konnte. Die Spielhalle war ein Labyrinth aus Nischen, Winkeln und Kabinen und der ideale Ort für einen Jungen, sich mit seinem besten Freund zu treffen – besonders, wenn der Vater dieses besten Freundes etwas gegen irdische Jungs hatte.

Mit dem Mini-Schulcomputer unter dem Arm schlüpfte Jake in die Dunkelheit der Spielhalle und ging an einer Nische vorbei, in der zwei bajoranische Kinder, die sich zu Besuch auf der Station befanden, *Cardassianer abschießen* spielten. Die beiden saßen in einem simulierten bajoranischen Landgleiter und rasten über ein Schlachtfeld hinweg, auf dem es vor schweren cardassianischen Panzern nur so wimmelte. Dabei schossen sie ein Kampffahrzeug nach dem anderen ab und schrien bei jedem Treffer vor Begeisterung.

Jake blieb einen Augenblick lang stehen und sah ihnen zu. Außerhalb der Nische war der holographische Effekt nicht so beeindruckend wie für die Spieler in der offenen Kabine selbst, doch immerhin noch ziemlich überzeugend. Er wußte, daß die beiden Kinder in die Rolle von bajoranischen Freiheitskämpfern geschlüpft waren, wagemutigen Teufelskerlen, die jahrelang gegen die cardassianischen Besatzer gekämpft und immer wieder überraschend zugeschlagen hatten. Jake blinzelte, als ein schwerer Panzer mit einem täuschend realistischen Blitz und Knall explodierte, und ging weiter.

Die nächste Nische – mit dem Spiel *Starfleet Commander* – war nicht besetzt, doch in einer abgeschiedenen Ecke dahinter spielte jemand *Ferengi-Händler*. Dort fand Jake seinen Freund Nog, der aufmerksam lauschte, während der Computer in der zischenden, geflüsterten Sprache der Ferengi eine Inventarliste vorlas.

»Hallo«, sagte Jake und setzte sich neben ihn.

Der kahlköpfige, junge Ferengi mit den großen Ohren warf ihm nur einen kurzen Blick zu. »Einen Augenblick«, sagte er. »Mal überlegen … wenn ich die Dilithium-Minen behalte, aber meine Anteile an der Transportgesellschaft Trans-System verkaufe, könnte ich es mir leisten …« Er gab dem Computer einige Anweisungen, und die Aufstellungen der Inventarliste veränderten sich. Kurz darauf erklang ein helles Läuten, und der Computer verkündete: »Herzlichen Glückwunsch, Spieler. Sie haben ein neues Rekordergebnis von fünfzig Milliarden, dreihundertundsiebzig Millionen, einhundertsiebenundfünfzigtausendneunhundertundsieben Punkten erreicht. Damit dürfen Sie sich Ferengi-Industriemagnat nennen. Wenn Sie das Spiel fortsetzen wollen, übertragen Sie bitte innerhalb von fünfzehn Sekunden eine Krediteinheit.«

»Viel zu einfach«, sagte Nog und bedachte Jake mit einem Grinsen, das seine spitz zulaufenden Zähne enthüllte. »Morgen werde ich es bis zum Plutarch geschafft haben, und übermorgen zum Nagus. Wenn man sich nicht anstrengen muß, macht es keinen Spaß – und bei komplizierteren Spielen kann man auch besser betrügen.« Er schaute an Jake vorbei. »Bist du sicher, daß man dir nicht gefolgt ist?«

Jake seufzte. Ferengi waren Händler, skrupellose Geschäftsleute und Schwindler, die Profite über alles schätzten. Außerdem waren sie sehr argwöhnisch. »Nein, Nog, man hat mich nicht verfolgt. Können wir irgendwo hingehen, wo wir etwas mehr Ruhe haben?«

»Darum habe ich mich schon gekümmert«, sagte Nog mit einem geheimnisvollen Grinsen. »Komm mit.« Er glitt aus der Nische, schaute sich vorsichtig in alle Richtungen um und eilte dann zum hinteren Teil der Spielhalle. Eine automatische Tür öffnete sich zischend, und Jake folgte seinem Freund in einen kleinen Raum, der, abgesehen von einem runden Tisch und ein paar Stühlen, leer war. »Das war mal die Snackbar«, erklärte Nog. »Das heißt, bis es meinem Onkel gelang, den Inhaber zu überreden, die Nahrungsreplikatoren abzubauen. Jetzt müssen die Spieler nach nebenan zu meinem Onkel gehen, wenn sie hungrig sind und etwas essen wollen.«

»Das war ziemlich clever von Quark«, sagte Jake.

»Ein gutes Geschäft«, erwiderte Nog und ließ ein

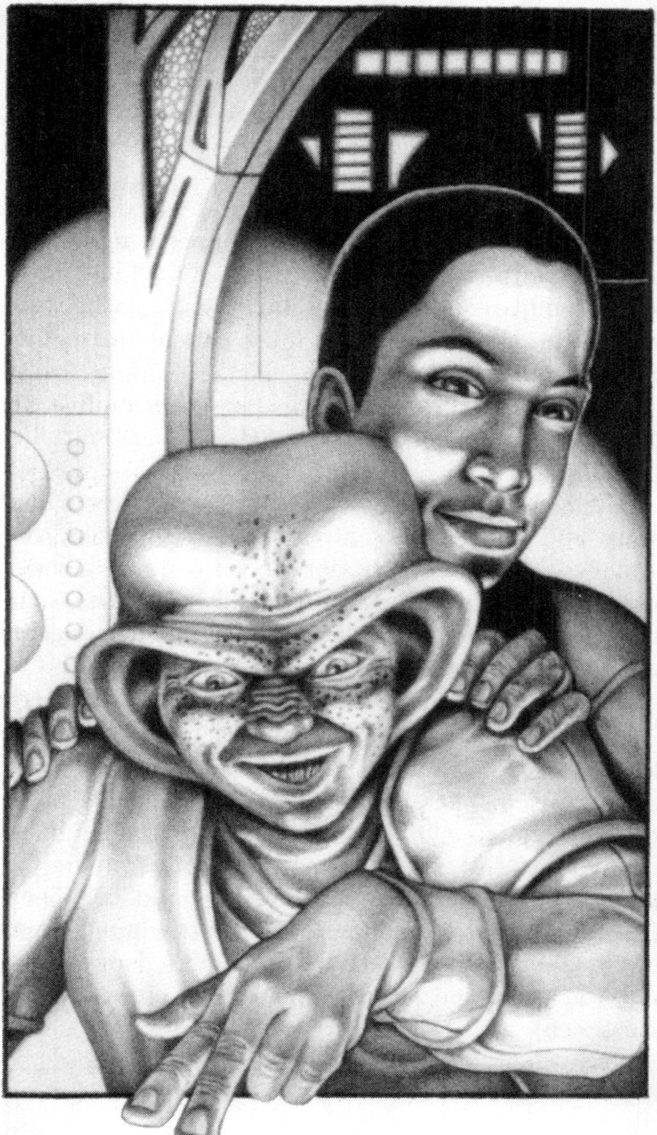

weiteres scharfes Grinsen aufblitzen. »Was für ein Problem hast du?«

»Noch immer Mathe«, sagte Jake seufzend.

Nog verdrehte die Augen. »Was ist nur los mit dir, Jake? Begreifst du denn nicht, wie wichtig Mathe ist? Und wieviel Spaß es macht?«

»Spaß!« Jake schüttelte den Kopf, legte den Schulcomputer auf den Tisch, schaltete ihn ein und schob einen Datenträger ein. »Algebra macht so viel Spaß, wie ... wie barfuß auf eine klingonische Stachelmaus zu treten! Und zu Anfang hast du ja auch deine Schwierigkeiten damit gehabt.«

Nog schaute verlegen drein. »Na ja, ich muß gestehen, daß es mir schwerfiel, bis Onkel Quark mir alles erklärt hat.«

Jake sah Nog verwirrt an. Quark war ein Ferengi mit einer übermäßig stark entwickelten Gier, einem verschlagenen Sinn für Humor und einem nörgelnden Wesen. Jake hätte ihn nie für ein mathematisches Genie gehalten. »Er hat dir erklärt, was es mit der Algebra auf sich hat?« fragte Jake.

»Ach was, er hat sie mir nicht *erklärt*«, erwiderte Nog. »Er hat sie für mich nur viel interessanter gemacht.«

»Und wie hat er das geschafft?« fragte Jake.

»Ganz einfach. Onkel Quark hat gesagt, wenn wir Ferengi die Mathematik aller Lebensformen in der Galaxis kennen, wird uns nie mehr jemand bei einem Geschäft betrügen können. Und wenn wir mehr von Mathematik verstehen als die anderen ...« Nog grinste, und seine scharfen Zähne verliehen ihm ein wölfisches Aussehen.

»Könnt ihr statt dessen sie betrügen«, beendete Jake den Satz für seinen Freund. Er lächelte. Die Ferengi hatten nicht die gleichen Werte wie die Menschen. Ließ ein Ferengi die Gelegenheit verstreichen, jemand zu betrügen, beging er damit einen so furchtbaren Fehler wie Jake, wäre dieser nur mit Unterwäsche bekleidet in die Schule gegangen. Doch Quarks Aufmunterungsrede über die Vorzüge der Mathematik halfen Jake nicht weiter. Er seufzte. »Wenn ich einmal begriffen habe, wie diese Zahlen zusammenpassen, komme ich damit klar. Vielleicht könntest du mir bei meinen Hausaufgaben helfen ...«

»Dein Dad kann es dir nicht erklären?« sagte Nog.

Jake verzog das Gesicht. »Ich will ihn nicht fragen«, sagte er. »Er hat zuviel zu tun.« Jakes Vater, Starfleet-Commander Benjamin Sisko, trug die Verantwortung für Deep Space Nine. Er mußte den Frieden zwischen den Dutzenden verschiedener intelligenter Spezies auf der Station bewahren, das bajoranische Wurmloch bewachen, das auf die andere Seite der Galaxis führte, und hundert andere Aufgaben erledigen.

Zur Zeit mußte er zum Beispiel den Gastgeber für einige aggressive und unangenehme Cardassianer spielen, die auf DS Nine zu Besuch waren. Obwohl die Cardassianer vor kurzem einen Friedensvertrag mit der Föderation unterzeichnet hatten, waren sie einmal erbitterte Feinde von Starfleet gewesen. Ein halbes Jahrhundert lang hatten sie das gesamte bajoranische Volk ausgebeutet. Die Cardassianer hatten Deep Space Nine als Basis für die Überwachung des Bergbaus auf Bajor erbaut und die Heimatwelt der Bajoraner fast völlig zugrunde gerichtet. Als sämtliche Erze des Planeten ausgebeutet waren, hatten sie sich zurückgezogen und die Raumstation aufgegeben.

Die Cardassianer hatten Deep Space Nine nur zögernd an die Bajoraner und die Föderation übergeben.

Bevor sie die Station den neuen Besitzern aushändigten, hatten sie sie in ihrer Boshaftigkeit schwer beschädigt. Nun herrschten angeblich freundschaftliche Beziehungen zwischen den Cardassianern und Bajoranern, doch Jake wußte, daß sich beide gegenseitig verachteten. Ein kleines cardassianisches Schiff unter dem Kommando von Gul Chok hatte vor vier Tagen an Deep Space Nine angedockt. Der schwelende Haß zwischen Cardassianern und Bajoranern hatte dafür gesorgt, daß es vier angespannte Tage für Deep Space Nine und seinen Kommandanten gewesen waren. »Dad kann mir im Augenblick nicht helfen«, sagte Jake zu Nog. »Deshalb möchte ich dich bitten, mir diese Probleme zu erklären.«

Plötzlich lag ein scharfes Interesse in Nogs Blick. »Was ist für mich drin?« fragte er mit einem etwas zu beiläufig klingenden Tonfall.

Jake konnte sich ein Lächeln nicht verkneifen. Das war eine weitere Eigenart, in der Ferengi und Menschen sich unterschieden. Ein Ferengi tat nie jemandem einen Gefallen, ohne zu erwarten, auf irgendeine Art und Weise dafür entschädigt zu werden. Und es würde Jake nicht helfen, seinen Freund an die Nachhilfestunden zu erinnern, die er ihm erteilt hatte, als Nog lesen lernen wollte. Das war nur menschliche Freundschaft, würde Nog sagen; ein Ferengi hingegen machte Geschäfte.

»Nun?« fragte Nog. »Was ist es dir wert?«

Jake kannte sich bei den geschäftlichen Traditionen der Ferengi etwas aus. Die Höflichkeit verlangte, daß er nicht sofort einen Preis nannte. »Was schlägst du vor?« fragte er und überließ Nog damit die Ehre, den Wert seiner Mathe-Kenntnisse hoch anzusetzen.

Nog dachte einen Augenblick lang nach, und Jake

bereitete sich auf das Schachern vor. Ferengi wollten immer Profit machen, doch ohne ausführliches Feilschen ging es nicht ab. Der Sohn des Commanders wußte, daß sein Freund eine Entschädigung verlangen würde, bei der er den Eindruck haben konnte, ein gutes Geschäft gemacht zu haben. »Ich habe mich schon oft gefragt, wie die Erde aussieht«, sagte Nog schließlich. »Wenn du das nächste Mal in der Holo-Kammer ein Programm von der Erde abspielst, nimmst du mich mit.«

»Nein«, sagte Jake, obwohl er diesen Vorschlag für eine ausgezeichnete Idee hielt. Jake vermißte seine Heimatwelt und träumte oft davon, zu ihr zurückzukehren. Wann immer es ihm möglich war, etwas Zeit in einer Holo-Kammer zu verbringen, rief er Programme von der Erde auf, angelte, wanderte oder übte sich in einem altmodischen Spiel namens Baseball. Die Holo-Kammer erzeugte makellose Simulationen, und wenn er eins dieser Programme benutzte, glaube Jake fast, tatsächlich auf der Erde zu sein. Es machte Spaß, doch manchmal kam er sich etwas einsam vor, denn alle Personen, denen er in der Holo-Kammer begegnete, waren lediglich Computer-Illusionen. Doch obwohl Jake sich wünschte, daß Nog ihm bei einem oder zwei Abenteuern in der Holo-Kammer Gesellschaft leistete, mußte er ablehnen, weil er Nog beleidigen würde, wenn er zu früh nachgab. »Ich nehme dich statt dessen bei einem Mars-Programm mit«, schlug er vor und wußte sofort, daß Nog diesen Kompromiß ablehnen würde.

»Das reicht mir nicht«, erwiderte der junge Ferengi. Das Feilschen bereitete ihm offensichtlich Vergnügen. »Wenn ich mit dir ein Programm von der Erde benutzen darf, helfe ich dir bei Algebra *und* Geometrie.«

Jetzt war es für Jake an der Zeit nachzugeben. »Na ja«, sagte er, »meinetwegen. Aber nicht irgendein beliebiges Programm. Ich kann dich nur auf einer Wanderung durch die Rocky Mountains mitnehmen.«

Nog runzelte die Stirn. Wie die meisten Ferengi war er auf körperliche Betätigungen nicht besonders versessen. »Das lehne ich ab«, sagte er. »Wenn es ein nicht ganz so anstrengendes Programm gibt, sind wir uns einig.«

Sie konnten den Handel jetzt unter Dach und Fach bringen. »Ich könnte dich vielleicht zum Fischen mitnehmen«, sagte Jake mit vorgetäuschtem Zögern. »Das ist nicht so anstrengend. Wir treiben einfach an einem schönen, sonnigen Tag in einem Boot und fangen Fische.«

»Kann ich mehr Fische fangen als du?«

Jake zog die Forderung in Erwägung. »Das weiß ich doch nicht.«

»Drei mehr als du«, beharrte Nog.

»Zwei«, bot Jake an.

»Aber meine werden größer sein«, sagte Nog.

»Na schön«, stimmte Jake zu. »Wir sind uns einig.«

Nog lachte. »Toll«, sagte er. »Nur eins noch«, fügte er dann hinzu, wobei er leicht verwirrt dreinschaute. »Was sind *Fische?*«

»Das erkläre ich dir später«, erwiderte Jake. »Jetzt machen wir erst mal Mathe.«

Nog zog den Stuhl näher heran, damit er den Bildschirm des Mini-Computers sehen konnte. »Also gut«, sagte er. »Was für ein Problem hast du? Ach, das. Denk doch mal nach: Was willst du herausfinden?«

»Wie weit das Rad rollt, wenn es sich insgesamt zweihundertundfünfundfünfzig Mal dreht.«

»Gut. Das nennen wir ›X‹. Jetzt erinnere dich an den

Geometrieunterricht …« Nog beugte sich vor, und Jake ebenfalls. Als sein Freund ihm die Zusammenhänge zwischen den Zahlen erklärte, ging Jake allmählich ein Licht auf.

»Ach, jetzt hab ich's kapiert«, sagte er schließlich. »Ich muß also den Umfang des Rads herausfinden. Und dann – multipliziere ich ihn einfach, nicht wahr?«

»Genau!« sagte Nog. »Versuche es mal.«

Jake gab die Formel und die Zahlen ein. Auf dem Bildschirm erschien eine freundliche Meldung: »Ja, Jake! Das ist richtig. Jetzt versuche dich an der nächsten Aufgabe.« Sie erschien auf dem Monitor.

Mit Nogs Hilfe löste Jake alle fünfzig Aufgaben. Sie arbeiteten über eine Stunde lang daran, und als Jake den Computer endlich ausschaltete, hatte er das Gefühl, endlich ein wenig von Mathematik zu verstehen. »Toll«, sagte er. »He, warum gehen wir nicht etwas essen? Ich habe Hunger.«

»Meinetwegen«, sagte Nog. »Solange wir bei Onkel Quark essen.«

»Ist das wirklich eine gute Idee? Wird Rom nicht was dagegen haben?« fragte Jake. Rom war Nogs Vater und erteilte seinem Sohn normalerweise Stubenarrest, wenn er die beiden Freunde zusammen erwischte. Er war der Ansicht, daß Jake einen schlechten Einfluß auf Nog ausübte.

»Kein Problem«, sagte Nog. »Mein Vater ist geschäftlich unterwegs, verhandelt mit Onkel Quarks Lieferanten, und mein Onkel hat nichts dagegen, wenn die Leute uns dort zusammen sehen – vor allem nicht, wenn du bezahlst.«

»Na schön. Abgemacht«, sagte Jake.

Doch Nog bestand darauf, daß sie die Spielhalle getrennt verließen. Jake ging als erster und schlenderte auf eine gut besuchte Promenade hinaus. Er betrat Quarks Laden, und als er sich zum Restaurant wandte, freute er sich, seine Lehrerin Keiko O'Brien zu sehen, die mit ihrer Tochter Molly an einem Tisch saß. Keiko war japanischer Abstammung und hatte freundliche braune Augen und schwarzes Haar. Sie nahm ihre Pflichten als Lehrerin sehr ernst. Ihre Tochter, Molly, war etwa drei Jahre alt. Keiko aß ein Gericht mit Reis und Gemüse und benutzte dazu Stäbchen. Molly vertrieb sich die Zeit mit Luftmalerei.

Vor Molly stand ein Holowürfel auf dem Tisch, aus dem eine klare Lichtsäule ragte. Wenn Molly mit den Händen durch das Licht fuhr, veränderte es seine Farbe, wurde strahlend rot oder gelb oder blau; mitunter flossen die Töne ineinander. Molly schuf ein dreidimensionales Gemälde; was es darstellte, konnte Jake allerdings nicht erkennen. Es sah aus wie ein Kürbis auf einem Metallzylinder, doch sie veränderte das Bild, während er sie beobachtete.

»Hallo, Jake«, sagte Keiko. Sie schien sich ebenfalls zu freuen, ihn zu sehen. »Willst du dich zu uns setzen?«

Jake lächelte ihr zu. »Nein, danke. Ich warte auf Nog. Mit den Mathe-Hausaufgaben bin ich fertig.«

»Wie schön für dich«, sagte Keiko lachend. »Ich habe dir doch gesagt, daß du dahinterkommen wirst, wenn du dir nur ein wenig Mühe gibst.« Neben ihr begann Molly zu plappern. Sie konnte manchmal ganz schön geschwätzig sein und führte oft Selbstgespräche.

Nog kam herein, und Jake winkte ihm zu. »Wir sitzen da drüben«, sagte er und suchte sich einen Tisch in Keikos Nähe aus. »Es ist wohl nicht gut für Nog, wenn er mit drei Menschen gleichzeitig an einem Tisch sitzt.«

Keiko lächelte schief. »Ich weiß, was du meinst«, sagte sie.

Nog kam zu ihnen hinüber, und nachdem er sich kurz umgeschaut hatte, begrüßte er Keiko. Er hatte eine Weile ihren Unterricht besucht, doch sein Vater hatte ihn aus der Schule genommen. Nog mochte Keiko noch immer ganz gut leiden und hatte nicht mal gegen Molly etwas einzuwenden.

Quark kam persönlich zum Tisch. »Sieh an«, sagte er. »Mein Neffe treibt sich wieder mit den Leuten herum, die einen schlechten Einfluß auf ihn ausüben.«

Jake und Nog grinsten. Quark hatte mit Angehörigen von praktisch jeder raumfahrenden Spezies zu tun, die Deep Space Nine besuchten, und war viel umgänglicher als Nogs Vater. »Ich will ihm beibringen, ein guter Geschäftsmann zu werden, Onkel«, sagte Nog.

Quark schüttelte mit spöttischer Beunruhigung den Kopf. »Verrate ihm ja nicht die Geheimnisse unseres Gewerbes!« befahl er. »Was wollt ihr trinken?«

»Hmm ... ich nehme eine Schokomilch«, sagte Jake. »Schön kalt und dick.«

Nog verzog das Gesicht. »Kuhsaft!« sagte er entsetzt. »Onkel, ich möchte einen Glop mit bajoranischem Soda.«

»Und wer bezahlt?« fragte Quark.

Jake zuckte mit den Achseln. »Ich bin an der Reihe.«

»Sehr großzügig«, sagte Quark und ging davon, um ihre Getränke zu holen.

Keiko beugte sich vor. »Na, Nog, bist du noch fleißig?« fragte sie.

Nog machte eine Handbewegung, die besagen sollte: *Ja, aber mir ist langweilig.* »Ich muß gestehen«, sagte er, »daß ich die Schule vermisse.«

»Tja, vielleicht kannst du eines Tages ja zurückkommen«, sagte Keiko.

Molly plauderte neben ihrer Mutter weiter vor sich hin, als spreche sie mit einer wirklich vorhandenen Person. »Das sind deine Augen«, sagte sie. »Und das ist dein Kinn. Und das ist dein Bauch. Und das sind deine komischen Hände.«

Nog runzelte die Stirn. »*Muß* sie das sagen?« fragte er.

Keiko lächelte ihn an. »Sie spielt mit ihrem unsichtbaren Freund. Viele Kinder haben unsichtbare Freunde. Hattest du keinen, als du jünger warst?«

Nog schüttelte den Kopf. »Nein. Ferengi beschäftigen sich mit dem echten Universum.«

»Oh, Dhraako ist echt – für Molly jedenfalls«, sagte Keiko. »Er ist sehr groß und schmal und trägt einen silbernen Mantel mit einer Kapuze. Und seine Augen brennen rot wie Feuer.«

Nog sprang vom Tisch auf. »Nein!« rief er.

Die Gäste an den Nachbartischen schauten überrascht auf. »Nog, was ist los?« fragte Keiko besorgt.

»Sie sieht einen Ferengest!« sagte Nog und sah sich mit weit aufgerissenen Augen um. »Einen uralten Geist!«

»He«, sagte Jake, »immer mit der Ruhe. Molly hat das doch nur erfunden, das ist alles.«

Quark eilte mit einem Tablett, auf dem die Getränke der beiden Jungs standen, zu ihnen. Nog starrte zitternd die silberne Gestalt an, die Molly in die Luft über dem Holowürfel gemalt hatte. »Ein Geist!« kreischte er. »Hilfe! Bleib ja von mir weg!« Und dann drehte er sich um und lief davon. Leider stieß er mit seinem Onkel zusammen. Quark stürzte Boden, das Tablett flog durch die Luft, und die Schokomilch landete genau auf

Quarks kahlem Kopf. Nog schenkte ihm nicht die geringste Beachtung, stürmte auf die Promenade hinaus und war im nächsten Augenblick verschwunden.

Während die Schokomilch sein Gesicht hinablief, stand Quark auf und sah sich die Schweinerei an. »Jemand wird dafür bezahlen«, murmelte er düster. »Und das wird wohl mein Neffe sein. Was hat er sich nur …« Quark hielt inne und starrte mit weit aufgerissenen Augen Mollys Luftbild an. »Ein Ferengest!« sagte er mit scharfem Zischen. Dann wandte auch er sich um und floh.

Jake und Keiko sahen sich an. Dann betrachteten sie das Gebilde, das Molly geformt hatte. Es ähnelte einem hageren Humanoiden, der einen silbernen Mantel trug. Das Gesicht wurde von einer Kapuze verdeckt, doch zwei rote Augen funkelten darunter hervor. Molly schaute auf und lächelte. »Dhraako ist jetzt weg«, sagte sie. »Er ist Nog nachgelaufen.« Dann berührte sie den Holowürfel und schaltete das Bild aus.

2

Noch bevor Jake seinem Freund folgen konnte, schüttelte Keiko wütend den Kopf. »Was für einen Streich heckt Nog denn jetzt schon wieder aus, Jake?« fragte sie.

Der Junge zuckte mit den Achseln. »Keine Ahnung. Aber wenn Quark ihn erwischt, kriegt er Ärger.« Jake sah seine Lehrerin an. »Was haben die beiden da von einem … einem Ferengest gesagt?«

»Das habe ich auch nicht ganz begriffen«, gestand Keiko seufzend ein. »Es war wohl wieder eine von Nogs Possen.«

Ein Kellner war herbeigeeilt und wischte die Schweinerei auf. Plötzlich hatte Jake keinen Durst mehr. Er lief auf die Promenade und hielt nach Nog Ausschau. Der junge Ferengi war unter den Bajoranern, Menschen, Vulkaniern und anderen Wesen, die sich hier tummelten, nirgendwo auszumachen. Jake zögerte kurz und wandte sich dann in Richtung OPS, wo sich das Büro seines Vaters befand. Jakes Mutter war vor Jahren gestorben, und Commander Benjamin Sisko bemühte sich sehr, Jake ein guter Vater zu sein und gleichzeitig die Mutter zu ersetzen. Obwohl Jake wußte, daß sein Vater sehr beschäftigt war, hatte der große, energische Mann immer Zeit – oder verschaffte sie sich –, wenn sein Sohn mit ihm sprechen wollte.

Während Jake zum Büro seines Vaters ging, sprach er mit mehreren Besatzungsmitgliedern der Station. Eins davon, der bajoranische Verbindungsoffizier seines Vaters, stand an der Wand neben der Tür seines Vaters und schaute furchtbar wütend drein. Es war Major Kira Nerys, eine Frau mit kastanienbraunem Haar, die früher, als die brutalen cardassianischen Okkupanten den Planeten aller natürlichen Rohstoffe beraubten, bajoranische Freiheitskämpferin gewesen war. Nun repräsentierte sie auf Deep Space Nine Bajor und half den Bajoranern bei den Beziehungen mit der Föderation.

»Hallo, Major«, sagte Jake zu ihr. »Hat Dad viel zu tun?«

»Sehr viel«, schnappte sie. »Er befaßt sich gerade mit Dreck.«

Jake blinzelte. »Was?« Sein Vater kümmerte sich um viele Dinge an Bord von Deep Space Nine, aber das Recycling von Abfall gehörte eigentlich nicht dazu. »Was meinen Sie?«

Major Kira warf den Kopf zurück. »Tut mir leid, Jake«, sagte sie. »Diese cardassianischen Händler – so nennt Gul Choks Mannschaft sich jedenfalls – führen Verhandlungen darüber, ob sie Deep Space Nine als Zwischenstation für ihre Erzfrachter benutzen dürfen. Und ich befürchte, daß Starfleet dabei mitspielen wird.«

Jake schluckte. Während der Besetzung Bajors durch die Cardassianer hatte Major Kira in vielen bitteren Schlachten gegen die Cardassianer gekämpft, und sie gehörte nicht zu den Personen, die schnell vergaben und vergaßen. »Glauben Sie, er hat einen Augenblick Zeit für mich?« fragte er leise.

»Vielleicht«, sagte der Major. »Ich bin nur gegangen, weil ich dringend frische Luft brauchte.« Sie neigte den Kopf und bedachte ihn mit einem kühlen, direkten Blick. »Du hast ein Problem«, sagte sie.

Jake grinste. »Das haben Sie aber schnell erkannt.« Er hielt kurz inne. »Kennen Sie sich zufällig mit Ferengi aus?« fügte er dann hinzu.

»Genug, um meine Finger zu zählen, nachdem ich einem die Hand geschüttelt habe«, erwiderte Major Kira. »Im Ernst, was willst du wissen?«

»Na ja ... Nog hat etwas von einen ›Ferengest‹ gesagt. Ich habe noch nie davon gehört und würde gern herausbekommen, was das ist.«

»Wie ich Nog kenne«, sagte Major Kira lachend, »ist es wahrscheinlich eine neue Methode, um auf der Promenade eine Stinkbombe zu zünden.« Sie warf einen Blick zur Bürotür und seufzte. »Komm mit«, sagte ich. »Ich habe im Augenblick sowieso nichts besseres zu tun.«

Sie führte Jake zu einer Computerkonsole. »Computer«, sagte sie, »Zugriff auf Datenspeicher, Abschnitt Xenobiologie, Thema Ferengi, Unterthema Sprache der Ferengi.«

»Rufe Dateien auf«, sagte der Computer, und kurz darauf fügte er hinzu: »Bereit.«

»Na schön, Jake«, sagte Major Kira. »Dann mach dich an die Arbeit.«

Während sie zur OPS zurückging, glitt Jake auf den Stuhl vor der Computerkonsole. »Computer«, sagte er, »bitte identifiziere das Ferengi-Wort *Ferengest.*«

Auf dem Bildschirm erschien augenblicklich eine Gestalt mit Umhang und Kapuze, einem großen Kopf, leuchtenden gelben Augen und einer bedrohlichen Haltung. »Ein *Ferengest* ist ein angestammter Geist. In der Ferengi-Folklore ist ein Ferengest ein rachsüchtiges Gespenst, das seine Nachkommen heimsucht, wenn sie gegen die Gebräuche oder Ethik der Ferengi verstoßen. Ein unglücklicher Klan, der von einem Ferengest heimgesucht wird, hat bei all seinen Unternehmungen Pech. Sein Vermögen schwindet und geht schließlich völlig verloren. Andere Ferengi meiden und verspotten die heimgesuchte Familie, bis der Ferengest zuletzt durch Reue und Opfer besänftigt wird. In extremen Fällen kann der Ferengest einen Klan völlig vernichten.«

Jake mußte unwillkürlich grinsen. Ein Ferengest war eine Art *Geist?* Er glaubte nicht an Geister, Spukgestalten oder Gespenster, und es überraschte ihn, daß Nog so abergläubisch war. Mit kritischem Blick betrachtete Jake die Abbildung des Ferengest. Er mußte sich eingestehen, daß sie in der Tat der kindlichen Figur ähnelte, die Molly gezeichnet hatte – aber nur ein wenig.

»Eine erweiterte Erörterung der mystischen Ansichten und Praktiken der Ferengi steht zur Verfügung«, sagte der Computer. »Wünschen Sie Zugriff darauf, oder soll ich eine Liste verwandter Themen zur Verfügung stellen?«

»Nein«, sagte Jake, »das reicht mir.«

Er erhob sich und ging zum Büro seines Vaters. Die Tür stand jetzt offen, und Major Kira war nirgendwo zu sehen. Jake klopfte an den Türrahmen. »Dad?« sagte er.

Er machte einen Schritt in den Raum hinein und erstarrte. Sein Vater stand hinter seinem Schreibtisch; auf seinem dunkelhäutigen Gesicht lag ein unheilvoller Ausdruck. Vor ihm standen kerzengerade drei große Gestalten – Cardassianer. Ihre dicke Haut war vor Zorn rot angelaufen, und ihre schweren Hälse waren steif vor Wut und Stolz. Niemand bemerkte Jake. Er begriff sofort, daß er mitten in eine Auseinandersetzung geraten war. »Wir kennen unsere Rechte«, sagte einer der Cardassianer hitzig. »Wir haben einen Friedensvertrag mit der Föderation geschlossen, und unser Ersuchen um Lagerräume und Andockmöglichkeiten auf Deep Space Nine ist vernünftig und friedlich. Sie sind nicht befugt, uns zu verweigern ...«

Sisko schlug mit der Hand auf den Schreibtisch, daß es laut knallte. »Sie haben mir nicht zugehört, Gul Chok«, sagte er mit trügerisch ruhigem Tonfall. »Deep Space Nine ist *keine* Einrichtung der Föderation. Die Station ist ein Gemeinschaftsunternehmen mit den Bajoranern. Ich bin nicht befugt, irgendwelche Zugeständnisse zu machen, ohne zuvor die Zustimmung sowohl der Föderation als auch der bajoranischen Regierung einzuholen ...«

»Eine Regierung von Sklaven!« erwiderte der Cardassianer. »Sie können doch nicht ernsthaft behaupten, die Stimme dieser ... dieser unbedeutenden Weidetiere habe das gleiche Gewicht wie die von Starfleet ...«

In Siskos dunklen Augen blitzte es. Er hob eine Hand und unterbrach den Cardassianer mitten im Satz. »Sie müssen endlich begreifen«, schnappte er, »daß die Föderation alle empfindungsfähigen Spezies als gleichberechtigt betrachtet. Ich dulde nicht, daß Sie in meinem Büro stehen und rassistische Bemerkungen ...«

»In *Ihrem* Büro?« unterbrach ein anderer Cardassianer. »Darf ich Sie daran erinnern, daß wir Cardassianer diese Station erbaut haben? Einige von uns halten Starfleet lediglich für ein Pack Diebe, die diese wertvolle Einrichtung ihren rechtmäßigen Besitzern gestohlen haben.«

Mit sichtbarer Anstrengung gelang es Sisko, sich zu beherrschen. »Ich versichere Ihnen«, sagte er kalt, »ich werde ständig daran erinnern, daß diese Station von Cardassianern entworfen und erbaut wurde. Ich bin mir ebenfalls bewußt, daß Ihr Volk sie in einem Zustand der ... nun ja, sagen wir ... äußerst eingeschränkten Funktionstauglichkeit zurückgelassen hat. Trotz der Versicherung Ihrer Regierung, Sie würden uns die Station in perfektem Zustand übergeben, haben wir eine ausgeschlachtete, völlig untaugliche Einrichtung übernommen, die ...«

»Das gehört nicht zur Sache«, widersprach der Anführer der Cardassianer.

Sisko wandte sich ab. Als er seine Gesprächspartner kurz darauf wieder ansah, hatte er die Beherrschung zurückgewonnen. »Sie haben Recht, Gul Chok. Nun gut. Ich werde Ihr Gesuch, Deep Space Nine zu nutzen, sowohl an Starfleet als auch an die bajoranische Regierung weiterleiten. Die beiden werden sich beraten und zu einer für beide Seiten akzeptablen Vereinbarung kommen müssen. Es wird wahrscheinlich ein paar Tage dauern, bis die Entscheidung getroffen ist.«

»Wir geben Ihnen einen halben Tag«, sagte der Cardassianer. »Wenn Sie sich nach Ablauf dieser Frist weigern, uns dieses Zugeständnis zu machen, werde ich meiner Regierung melden, daß Starfleet die Bedingungen unseres Vertrags nicht einhält. Ich kann zwar nicht für meine Regierung sprechen, aber ich persönlich würde solch ein Verhalten als kriegerischen Akt ansehen.«

Plötzlich schloß sich eine Hand um Jakes Schulter, und der Junge schrie überrascht auf. Die Person, die ihn ergriffen hatte, stieß ihn grob vorwärts. »Ein Spion!« krächzte eine schroffe cardassianische Stimme. »Ein menschlicher Spion – vielleicht sogar ein Attentäter!«

Sisko bewegte sich mit der Anmut und Drohung

eines Panthers um seinen Schreibtisch. »Nehmen Sie sofort die Hand von meinem Sohn«, sagte er, und seine Stimme klang wie ein tödlicher Peitschenhieb aus beherrschter Wut.

»Ich behaupte, er ist ein Spion!« sagte der Cardassianer. »Und Cardassianer liefern keine Spione aus …«

»Ich halte es für das Beste«, sagte eine besonnene Stimme, »daß Sie tun, was der Commander verlangt. Sonst werde ich mich persönlich mit Ihnen befassen.«

Die Hand ließ Jakes Schulter los.

»Komm her, mein Sohn«, sagte Sisko.

Jake eilte neben seinen Vater. Der Cardassianer, der ihn gepackt hatte, rührte sich nicht. Sein Gesichtsausdruck war wachsam. Hinter ihm stand ein großer, muskulöser Mann, Sicherheitsoffizier Odo. Odo trat einen Schritt zurück, und mit einem leisen Schmatzen zerschmolz sein Körper, leuchtete schwach auf und nahm wieder seine normale Größe und Form an. In Wirklichkeit war Odo viel kleiner und leichter, als er sich dargestellt hatte.

»Danke, Constable«, sagte Sisko.

»Ich habe nur meine Pflicht getan, Commander«, erwiderte der Gestaltwandler. »Soll ich diese ... Herren zu unseren Gästequartieren führen?«

Der cardassianische Captain plusterte sich auf. »Wir fühlen uns auf dieser Station, unter Spionen und Verrätern, nicht sicher. Es gibt ein altes cardassianisches Sprichwort, Commander. ›Ein Krieger schläft im Zelt eines Feindes nur schlecht.‹ Meine Mannschaft und ich werden auch weiterhin an Bord unseres Schiffes schlafen.« An Sisko gewandt, fügte der Captain hinzu: »Vergessen Sie nicht, Commander, Sie haben zwölf Standardstunden, dann gebe ich meinen Bericht ab. Ich würde Ihnen raten, die möglichen Folgen genau zu überdenken.« Er ging hinaus, und die drei anderen folgten ihm, ohne auch nur einen Blick zurückzuwerfen.

Sisko entspannte sich etwas. »Puh!« sagte er. »Von allen starrköpfigen, aalglatten Typen ...«

»Ich habe Vorkehrungen getroffen«, unterbrach Odo ihn, »daß meine Leute die Cardassianer zurück zu ihrem Schiff begleiten, Commander.« Der Sicherheitsoffizier hatte die Hände hinter dem Rücken gefaltet.

Sisko schüttelte den Kopf. »Ich bezweifle, daß sie sich gern eskortieren lassen werden, Odo.«

»Oh, sie werden die Eskorte gar nicht bemerken«, sagte Odo. »Aber sie ist auf ihrem gesamten Weg an Ort und Stelle. Und sollten sie von diesem Weg abweichen, wird die Sicherheit sie – sanft – an den Weg erinnern, der zu ihrer Andockluke führt.«

»Vielen Dank, Constable«, sagte Sisko grinsend. »Und auch dafür, daß Sie Jake aus dieser Klemme befreit haben.«

»Ich habe nur meine Pflicht getan«, wiederholte Odo. »Ist das alles?«

»Nein. Ich möchte mit Ihnen ein paar besondere Sicherkeitsvorkehrungen absprechen – aber zuerst muß ich dieses cardassianische Gesuch umformulieren und für die Übermittlung vorbereiten.« Sisko hielt einen Datenblock hoch, ein computerisiertes Aufzeichnungsgerät, das etwas leistungsfähiger war als Jakes Schulcomputer. »Warten Sie draußen, ich komme gleich zu Ihnen.«

»Natürlich, Commander.«

Nachdem Odo gegangen war, wandte Sisko sich an Jake. »Mein Sohn, du hast dir einen schlechten Zeitpunkt für einen Besuch ausgesucht«, sagte er mit einem Anflug von Tadel.

Jake verspürte ein leises Bedauern. »Tut mir leid, Dad. Ich wollte mit dir über Nog sprechen ...«

»Ich habe im Augenblick keine Zeit. Wie du selbst gehört hast, sind die Cardassianer ein wenig ... na ja, bleiben wir höflich und sagen, sie sind beharrlich.« Er schlug leicht auf den Minicomputer. »Und jetzt lauf lieber los. Ich muß mich sofort um diese Angelegenheit kümmern.«

»Aber Nog benimmt sich seltsam«, beharrte Jake. »Er ...«

»Nog benimmt sich *immer* seltsam«, sagte Sisko. »Das gehört nun mal zur Natur eines Ferengi. Was hat Nog denn jetzt schon wieder angestellt? Hat er an den Nahrungsreplikatoren herumgespielt, damit das Schokoladeneis als pürierter Schneckenschleim herauskommt? Oder die Kommunikatoren durcheinandergebracht, und wenn man Keiko ruft, meldet sich jetzt Lieutenant Dax? Oder hat er ein Loch in Odos Eimer gebohrt?«

»Nein, er …«

Sisko hob eine Hand und unterbrach Jake. »Es tut mir leid, mein Sohn. Ich habe wirklich viel zu tun. Später, in Ordnung?«

Jake seufzte. »Na schön«, sagte er. »Tut mir leid.«

»Wir sehen uns heute abend.«

Constable Odo wartete vor dem Büro. »Nog hat doch nicht tatsächlich ein Loch in meinen Eimer gemacht, oder?« sagte er, als Jake an ihm vorbeiging.

»Aber nein«, sagte Jake. Alle wußten, daß der Sicherheitsoffizier in seinem natürlichen Zustand eine Art glitzerndes, flüssiges Protoplasma war. Er konnte seinen Körper zu fast jeder gewünschten Gestalt verändern. Die meiste Zeit über bewahrte er, wenn er es mit den Bewohnern von Deep Space Nine zu tun hatte, eine prinzipiell humanoide Form, doch wenn er des Nachts schlief, nahm er seinen flüssigen Zustand ein. Wenn der Eimer, in dem er schlief, ein Loch hatte, würde Odo aussickern und über den ganzen Boden fließen, bevor er aufwachte. Das würde eine gewaltige Schweinerei geben.

Nog hatte wirklich kein Loch in Odos Eimer gebohrt. Er hatte lediglich zwei- oder dreimal davon gesprochen, es irgendwann mal zu versuchen.

»Odo«, sagte Jake, »kennen Sie sich mit den Ferengi aus?«

»Ein wenig«, erwiderte der Gestaltwandler. »Jedenfalls genug, um ein Auge auf diesen zwielichtigen Quark zu werfen.«

»Haben Sie je von einem Ferengest gehört?« fragte Jake.

Odo runzelte leicht die Stirn. »Hmm. Das ist doch irgendein Geist, nicht wahr?«

»Glauben die Ferengi wirklich an sie?« fragte Jake.

»Das kommt wohl auf den jeweiligen Ferengi an«, erwiderte Odo. »Die meisten Menschen glauben nicht an Gespenster, habe ich recht?« Als Jake nickte, fuhr Odo fort: »Doch ich kann mir vorstellen ... wenn man einen skeptischen Menschen in eine – wie lautet das richtige Wort? – unheimliche Umgebung versetzt und ihm sagt, gleich würde ein Geist erscheinen, wird dieser Mensch vielleicht eine gewisse Besorgnis empfinden.«

Jake nickte nachdenklich. Ihm war klar, was Odo ihm damit sagen wollte. Man konnte sogar jemanden, der nicht an Gespenster glaubte, dazu bringen, sich alle möglichen Arten eingebildeter Schrecken vorzustellen. Schließlich ist nichts furchterregender als die eigene Phantasie – oder die eigenen Alpträume. »Sie meinen also, daß die meisten Ferengi eigentlich *nicht* an Ferengest glauben, aber trotzdem ein wenig Angst vor ihnen haben?«

»Genau«, sagte Odo. »Doch ich möchte auch betonen, daß man alles, was Nog sagt, nicht einfach als gegeben hinnehmen kann.«

Jake tat sein Freund etwas leid. Niemand schien Nog zu glauben – na ja, um die Wahrheit zu sagen, vielleicht hatte der junge Ferengi den Leuten tatsächlich zu viele Streiche gespielt. Trotzdem verdiente sein Freund, daß man sich um ihn kümmerte, und er hatte ehrlich verängstigt gewirkt. Ganz gleich, was alle anderen dachten, Jake entschloß sich, bei Nog nach dem Grundsatz vorzugehen: Im Zweifel für den Angeklagten. »Danke, Odo«, sagte er.

»Keine Ursache«, erwiderte Odo. Er wartete, bis Jake fast an der Tür war, und sagte dann: »Ach ja, Jake. Noch etwas.«

Jake drehte sich um. »Ja?«

»Bitte richte Nog etwas von mir aus. Sollte ich heute abend zufällig aus meinem Eimer sickern, werde ich ihm persönlich einen Besuch abstatten. Und wenn die Ferengest ihm schon angst machen, wird er die Gestalt, die *ich* dabei annehmen werde, nicht so schnell vergessen können.«

3

Jake suchte lange nach seinem Freund, konnte ihn aber nicht finden. Auf *eine* Möglichkeit der Suche verzichtete er jedoch. Obwohl nur offizielles Stationspersonal mit Kommunikatoren ausgestattet war, trug jeder, der ständig auf Deep Space Nine wohnte, einen Lokator bei sich, ein kleines Gerät, das dem Computer ermöglichte, die betreffende Person ausfindig zu machen. Jake hätte den Computer nach dem Aufenthaltsort seines Freundes fragen können, wußte jedoch, falls er Nog nicht ohne die Hilfe des Computers finden konnte, dann deshalb, weil der junge Ferengi nicht gefunden werden wollte. Man muß akzeptieren, so dachte Jake bei sich, daß ein Freund auch mal allein sein will.

Als Jake schließlich zu dem Quartier ging, in dem er mit seinem Vater wohnte, kam er sich noch immer etwas verwirrt und ausgeschlossen vor. Nachdem er sich aus dem Nahrungsmittel-Replikator einen kleinen Imbiß besorgt hatte, ging er auf sein Zimmer und machte es sich in einem Sessel bequem, um etwas zu lesen. Er mampfte mit Vorliebe Erdnußbutter-Riegel und trank ein Glas Milch dazu, während er ein Buch las.

Er rief auf seinem Computer eine Zusammenfassung der Geschichte des Baseball auf und blätterte eine Weile darin herum. Das Spiel wurde schon seit vielen Jahren nicht mehr professionell betrieben, doch auf der Erde beschäftigten die Kinder sich noch immer damit, und Jake las gern über die Vergangenheit dieses Sports nach. Ihm gefiel die Vorstellung, daß er einmal der ›nationale

Zeitvertreib‹ eines ganzen Landes gewesen war, und die Namen der großen Spieler waren wie Musik in seinen Ohren: Babe Ruth, Hank Aaron und der größte Werfer des einundzwanzigsten Jahrhunderts, Hiro Osaka.

Jake wurde allmählich müde. Die Begriffe *Tag* und *Nacht* hatten keine große Bedeutung, wenn man statt auf einem Planeten auf einer Raumstation wohnte, doch alle Spezies an Bord von Deep Space Nine hatten ihre jeweiligen Ruheperioden. Ferengi brauchten wenig Schlaf, und ihre ›Nacht‹ begann normalerweise lange nach Mitternacht. Die faultierähnlichen Alephaner hingegen waren nur etwa zwei Stunden pro Tag aktiv, bevor ihre persönliche Nacht begann. Zufällig entsprach der Tag auf Bajor ungefähr dem auf der Erde, und daher hatte die Station einen Zeitrhythmus von vierundzwanzig Stunden. Jake und sein Dad gingen normalerweise zwischen zehn und elf Uhr abends schlafen.

Doch an diesem Abend kam es anders. Um acht Uhr rief Benjamin Sisko an und riß Jake aus einem Nickerchen, um ihm mitzuteilen, daß er später kommen würde. Er bat Jake, sich das Abendessen selbst aus dem Replikator zu holen und diesmal das Gemüse nicht zu vergessen. Jake rüttelte sich wach, bestellte aus dem Replikator eine weitere Schokomilch und einen Hamburger mit allen Beilagen (wobei er sich sagte, daß eingelegte Zwiebeln auch ein Gemüse waren) und nahm das Essen auf sein Zimmer mit. Er war gerade fertig, als er hörte, daß die Wohnzimmertür sich zischend öffnete. »Dad?« rief er. »Ich bin hier!«

Doch die schnellen, leichten Schritte, die er hörte, waren nicht die seines Vaters. Jake ging zur Tür. Bevor er sie erreichte, stürmte ein keuchender, zitternder Nog hindurch. »Er ist schon den ganzen Tag hinter mir her!« jammerte der junge Ferengi. Die Augen hatte er vor Furcht weit aufgerissen. Er warf einen Blick über die Schulter zurück. »Jake«, stöhnte er, »du mußt mich verstecken!«

»Äh ... klar!« sagte Jake. »Komm in mein Zimmer.« Kaum hatte Nog den Raum betreten, erteilte Jake der Tür den Befehl, sich für niemanden außer seinem Vater zu öffnen. »Jetzt bist du in Sicherheit«, sagte er. »Komm, setz dich. Du siehst schrecklich aus.«

Nog ließ sich in den Sessel vor Jakes Schreibtisch fallen. »Das Ding ist hinter mir her, seit ich das Restaurant verlassen habe«, sagte er mit einem müden Ächzen. »Ich kann es nicht abschütteln! Es folgt mir überallhin!«

Jake hockte sich im Schneidersitz auf den Rand seiner Schlafkoje, als wolle er meditieren. »Komm schon, Nog. Ich habe das Luftbild gesehen, daß Molly gezeichnet hat, und als du davongelaufen bist, hat sie es ausgeschaltet. Es ist nicht mehr da.«

Nog starrte ihn an. »Nicht das Bild«, sagte er. »Es war der Ferengest selbst, der echte Geist! Hast du ihn nicht gesehen?«

»Äh ... nein«, sagte Jake. »Und außer dir auch niemand. Außer Molly vielleicht, und sie hat ihn sich ja ausgedacht. Glaubst du wirklich ...«

»Glauben!« rief Nog. »Glauben! Ich *weiß*, was ich gesehen habe. Er ist groß und schmal, mit einer Kapuze, und ... brr ... diese roten, starren Augen. Genau wie in den Geschichten, die Oma Wagga mir erzählt hat, um mir solche Angst zu machen, daß ich einschlafe. Jake, was habe ich getan? Weshalb verfolgt er mich?«

»He, he«, sagte Jake. »Immer mit der Ruhe. Erzähl mir zuerst einmal von diesem Ding. Ich weiß nicht viel über Ferengest.«

Nog fuhr sich mit der Zunge über die Lippen. »Kann

ich etwas zu trinken haben?« fragte er. »Ich bin den ganzen Tag gerannt.«

»Klar.« Nachdem Jake die Tür wieder geöffnet hatte, gingen sie ins Wohnzimmer, und Jake forderte vom Nahrungsmittel-Replikator ein bajoranisches Soda an. Augenblicklich erschien ein hohes Glas mit einer blauen Flüssigkeit. Als Jake es aus dem Replikator nahm, hielt er es so weit wie möglich von sich entfernt. Das Getränk roch wie alte Turnschuhe, doch Ferengi hielten es für köstlich. Er gab Nog das kalte Glas.

Der junge Ferengi trank gierig mehrere Schlucke. Die Limonade schien ihn zu beruhigen. »Ferengest sind Geister der Ahnen«, sagte er schließlich. »Sie wohnen in der Geisterwelt und machen den Lebenden niemals Scherereien – außer wenn einer ihrer Nachkommen etwas sehr Schlechtes, sehr Dummes oder sehr Profitschädigendes getan hat.« Er leerte das Glas und rülpste. »Was habe ich getan?« sagte er dann. »Glaubst du, weil ich auf eine menschliche Schule gegangen bin, sind meine Vorfahren so wütend, daß sie meine ganze Familie bestrafen wollen? Wie kann meine Schulausbildung unseren Profiten dermaßen geschadet haben? Mein Onkel ist reicher denn je, und ich habe nie etwas getan, das ...«

»Beruhige dich endlich«, sagte Jake, bevor Nog die gesamte Litanei von vorn herunterleiern konnte. »Denk mal nach. Haben es die Ferengest in den Geschichten, die du gehört hast, jemals auf Kinder abgesehen?«

»Ständig!« jammerte Nog. »Wenn ein Kind bei einem Spiel seine Widersacher nicht betrügt, suchen sie ihn heim! Wenn ein Kind Ärger mit seinen Eltern hat und nicht lügt, um aus der Sache rauszukommen, ruinieren die Ferengest die ganze Familie!«

»Tja, ich bin mir ziemlich sicher, daß du nichts getan hast, was einen Ferengest veranlassen könnte, es deiner Familie heimzuzahlen«, sagte Jake. »Hör mal, vielleicht bildest du dir alles nur ein. Molly hat diesen unsichtbaren Freund, und sie hat ein Bild von ihm gemalt. Sie stellt sich vor, daß er ungefähr so aussieht. Vielleicht sieht dieses Bild zufällig einem Ferengest ähnlich, falls es die überhaupt gibt. Diese zufällige Ähnlichkeit hat dir angst gemacht, und dann hast du dir eingebildet, daß der Geist dich verfolgt. Das wäre doch möglich, oder?«

Nog stand auf und ging unsicher zum Replikator. Er schob das Glas wieder hinein und bestellte ein weiteres bajoranisches Soda. »Ich verstehe, was du meinst, Jake«, sagte er, nachdem er die Hälfte der schleimigen, sprudelnden blauen Flüssigkeit getrunken hatte. »Aber ich bin nicht der Ansicht. Ich bin über die ganze Promenade gelaufen, und immer, wenn ich mich umdrehte, sah ich über den Köpfen der Menge die Augen des Ungeheuers, die mich beobachteten. Es ist so groß, daß es alle anderen überragt. Dann versteckte ich mich in einem Turboschacht, doch die schrecklichen Augen leuchteten mich aus der Dunkelheit an. Also lief ich zu Constable Odos Büro ...«

»Augenblick mal«, sagte Jake. »Du hast doch kein Loch in seinen Eimer gebohrt, oder?«

Nog schüttelte gereizt den Kopf. »Natürlich nicht. Angst kommt vor dem Vergnügen. Ich bin zu seinem Büro gelaufen, um ihn zu bitten, mir zu helfen, aber er war nicht da. Und als ich wieder hinauslief, sah ich, daß diese Augen von der nächsthöheren Etage zu mir hinabstarrten. Ich schwöre es!«

Jake dachte kurz nach. »Hör mal«, sagte er schließlich, »diese Augen waren doch rot, nicht wahr?«

»Orangerot«, nickte Nog zitternd. »Schreckliche, starre Augen, die kein einziges Mal geblinzelt haben.«

»Na schön«, sagte Jake und lächelte beruhigend. »Es gibt auf Deep Space Nine jede Menge rote Lampen. Hast du daran schon mal gedacht?«

Nog entspannte sich etwas. »Genau! Die Cardassianer haben die Station entworfen, und ihre Wahrnehmung reichte weiter in den Infrarot-Bereich hinein als die der meisten anderen Spezies. Deshalb sind all ihre Warnlichter und Bedienungssignale rot. Glaubst du, ich hatte solche Angst … äh … ich meine, ich war so aufgeregt, daß ich eine ganz normale Anzeigelampe für Geisteraugen gehalten habe?«

Jake zuckte mit den Achseln. »Das wäre doch möglich«, sagte er. »Ich meine, als du aus dem Restaurant gelaufen bist, warst du sehr … *aufgeregt*.«

»Klar«, sagte Nog, und ein erleichtertes Lächeln breitete sich auf seinem Gesicht aus. »Natürlich. So muß es gewesen sein. Schließlich bin ich immer gierig gewesen. Und ich habe oft gelogen und betrogen und gestohlen. Das ist für einen Ferengi ganz normal. Vielleicht war ich sogar besser als der Durchschnitt. Du hast recht, Jake – nichts von dem, was ich getan habe, war so schlimm, daß ein Ferengest deshalb meine Familie heimsuchen würde.«

»Überhaupt nichts«, sagte Jake.

»Überhaupt nichts«, wiederholte Nog. »Du hast recht. Mann, ich komme mir vor wie ein armer Händler! Ich bin praktisch ein erwachsener Ferengi. Ich sollte mehr Ohren haben, als mir so eine Angst einjagen zu lassen.«

»Du hast schon große Ohren«, sagte Jake. »Du warst nur überrascht … mehr steckt nicht dahinter.« Ihm fiel etwas ein, und er entschloß sich, es nicht so genau mit der Wahrheit zu nehmen. »Ich will dir was sagen, was du noch nicht weißt. Als dein Onkel Mollys Zeichnung gesehen hat, war er genauso … äh … *aufgeregt* wie du. Er ist sogar dermaßen erschrocken, daß er unsere Bestellung in die Luft warf. Meine Schokomilch ist genau auf seinem Kopf gelandet.«

Nog lachte. »Das hätte ich gern gesehen!« sagte er. »Was für eine Freude! Die Erniedrigung eines Älteren!« Dann wurde er wieder ernst. »Onkel Quark! Ich gehe lieber sofort zu ihm. Er wird nicht zufrieden mit mir sein. Jake, könntest du mir einen großen Gefallen tun? Ich kann im Augenblick nicht dafür bezahlen, aber sobald ich dazu imstande bin …«

»He, schon in Ordnung«, sagte Jake. »Menschen tun anderen Leuten gern Gefallen. Weißt du nicht mehr?«

»Du hast recht«, sagte Nog. »Ich war so durcheinander, daß ich ganz vergessen hatte, wie unvernünftig du bist. Na schön. Dann können wir ja …« Nog hielt abrupt inne. Mit einem zitternden Finger deutete er in die Luft. »Da!« rief er. »Sieh doch! Er ist mir gefolgt!«

Jake riß schockiert und ungläubig die Augen auf. Die Wohnzimmerbeleuchtung war um einundzwanzig Uhr automatisch gedämpft worden. Im Halbdunkeln konnte er nur eine schimmernde, halb durchsichtige silberne Gestalt ausmachen, die größer als sein Vater war, aber so hager, daß sie ausgemergelt wirkte. Das Gesicht lag, anscheinend unter einer Kapuze verborgen, im Dunkeln. Jake lief eine Gänsehaut den Nacken und Rücken hinab. Von den Gesichtszügen der Erscheinung konnte er nichts ausmachen.

Einmal abgesehen von zwei grellen, orangeroten Augen.

4

»Lauf!« rief Nog und schoß zur Tür.

Jake hielt den kleineren Jungen am Arm fest. »Nein!« rief er. »Warte!« Er zitterte ein wenig, hielt den Blick aber auf das leuchtende, durchscheinende Ding vor ihnen gerichtet. Es stand einfach da, völlig unbeweglich, ein paar Meter entfernt, vor dem Bullauge, durch das man zu den hellen Sternen des Alls hinausschauen konnte. Jake hatte den Eindruck, daß die Erscheinung sie beobachtete. Zumindest schien der Blick der beiden rötlich-gelben Augen fest auf sie gerichtet zu sein. Nog zerrte verzweifelt und versuchte, sich aus Jakes Griff zu befreien, doch Jake hielt ihn fest. »Nog! Ich glaube, das ist gar kein Geist! Sieh es dir genau an!«

»Dieses Gesicht!« sagte Nog elendig. »Und ich kann durch ihn hindurchsehen!«

»Was für ein *Gesicht?*« fragte Jake. Er konnte nichts erkennen, nur eine schwarze Leere, wo eigentlich ein Gesicht sein sollte. Abgesehen von verschwommenen Umrissen und den Augen, konnte er überhaupt keine Einzelheiten ausmachen. »Nog, hör endlich auf, dich von mir losreißen zu wollen! Hör mir zu! Ein Ferengest wäre doch unheimlich und bedrohlich, oder!«

»Das ist dieses Ding doch!« rief Nog.

»Nein, ist es nicht. Dieses … Geschöpf steht einfach da. Ich glaube nicht, daß es uns Schaden zufügen will.«

»Dir nicht – aber mir.« Nog gab endlich das sinnlose Unterfangen auf, sich aus Jakes Griff befreien zu wollen. »Na schön!« sagte er erbarmungswürdig; er sprach zu der Geistergestalt. »Du hast mich erwischt, Ferengest. Zeige mir, welche Buße ich leisten muß.«

Langsam hob die Erscheinung einen Arm – zumindest glaubte Jake, sehen zu können, daß sich der nebelhafte Umriß eines Arms wie eine gemächliche Welle bewegte. Diese Bewegung mutete seltsam an, als hätte der Arm drei Gelenke und nicht nur ein Handgelenk und einen Ellbogen. Jake schluckte heftig und winkte mit dem freien Arm zurück. Der mit einer Kapuze bedeckte Kopf neigte sich. Das Geschöpf hatte bemerkt, daß Jake seine Handlungen nachahmte. Es bewegte den Arm erneut und lockte die Jungen langsam zu sich heran. »Sieh doch«, sagte Jake. »Es will, daß wir ihm folgen.«

»In die Geisterwelt«, sagte Nog. »Wo niemand Geld verdient und jeder gezwungen ist, ehrlich und großzügig zu sein und bis in alle Ewigkeit ein erbärmliches Dasein zu führen.«

»Nog, hör auf«, fauchte Jake. »Ich kann nicht viel von diesem Ding erkennen, aber ich wette, es ist überhaupt kein Ferengest. Dafür ist es viel zu groß.« Jake atmete tief ein. Er kam zum Schluß, daß er mit dem Aberglauben der Ferengi keine Zeit verschwenden durfte. »Es will, daß wir mit ihm gehen«, sagte er. »Folgen wir ihm doch einfach.«

»Ich ... Jake, ich habe Angst«, gestand Nog mit zitternder Stimme ein.

Jake hatte den Blick noch immer auf die Gestalt gerichtet. »Na schön«, sagte er. »Dann folge ich ihm. Du gibst jemandem Bescheid – deinem Onkel, oder noch besser meinem Dad. Erkläre ihnen, daß ein durchsichtiger Alien an Bord von Deep Space Nine ist. Ich versuche, bei ihm zu bleiben. Der Computer kann mein Lokator-Signal aufspüren, also werden sie uns finden können. Hast du dich mittlerweile beruhigt?«

»Ja!« kreischte Nog.

Jake zuckte zusammen. »Ich lasse dich jetzt los«, sagte er bedachtsam. »Du trittst langsam zurück. Wenn das Geschöpf dir folgen sollte, laufen wir davon. Wenn es bei mir bleibt, gehst du los und suchst Hilfe. Hast du verstanden?«

»Hilfe suchen«, wiederholte Nog. »Ich bin bereit. Laß los.«

Vorsichtig löste Jake den Griff um Nogs Arm. Der junge Ferengi wich zurück, und zwar tatsächlich sehr langsam – so langsam, daß Jake schon befürchtete, er sei vor Angst fast gelähmt. Dann bewegte er sich etwas schneller. Noch immer rührte die durchscheinende Gestalt sich nicht vom Fleck. »Ich suche Hilfe«, rief Nog erneut. Dann stürmte er durch die Türöffnung, auf den Korridor und außer Sicht.

»Na schön«, sagte Jake etwas lauter, als es eigentlich nötig gewesen wäre. »Hören Sie mich?«

Die geisterhafte Gestalt gab keine Antwort.

»Ich gehe mit Ihnen«, sagte Jake. Absichtlich langsam und betont sprechend, fügte er hinzu: »Ich vertraue Ihnen.« Er machte einen vorsichtigen Schritt vorwärts. Der Arm der durchsichtigen Gestalt hob sich erneut lockend, und das Geschöpf schwebte zur Tür. Jake folgte ihm. Ohne den Blick der roten Augen von ihm zu nehmen, trieb die Gestalt langsam davon, und Jake folgte ihr Schritt für Schritt. Als Jake sich der Tür näherte, öffnete sie sich, und sie traten hinaus auf den Korridor. Im helleren Licht verblich das Geschöpf völlig. Nur, wenn Jake die Augen zusammenkniff, konnte er es noch ausmachen. Es führte ihn in einen unbenutzten Gang, der nur von der Notbeleuchtung erhellt wurde, und dort konnte er es etwas besser erkennen.

Das fremde Wesen blieb neben einem Turbolift stehen und deutete auf das Kontrollpanel. Jake zögerte. Die Cardassianer hatten die Raumstation gründlich demoliert, bevor sie sie der Föderation und den Bajoranern übergeben hatten. Chief O'Brien hatte harte Arbeit leisten müssen, um die automatischen Türen, Luftschleusen und anderen mechanischen Systeme wieder funktionsfähig zu machen.

Jake fragte sich, ob dieser Lift normal funktionierte. In der Hoffnung, daß Nog sich beeilte, berührte er das Kontrollpanel. Ein Winseln der Maschinerie verriet ihm, daß die Kabine kam. Kurz darauf öffneten sich die Fahrstuhltüren. Das Licht in der Kabine suchte sich genau diesen Augenblick aus, um zu flackern und zu erlöschen. Die geisterhafte Gestalt des Geschöpfs glitt hinein. Jake nahm all seinen Mut zusammen und folgte dem transparenten Geschöpf. Die Türen glitten zu. Jake atmete zitternd tief ein und hoffte, daß er nicht den schlimmsten Fehler seines Lebens gemacht hatte.

Die Kabine begann sich zu bewegen.

Als er Jake und den Ferengest zurückließ, bestand Nogs erster Drang darin, planlos und blindlings loszulaufen. Er war überzeugt, ganz knapp einem schrecklichen Schicksal entronnen zu sein. Wenn der junge Mensch sich dummerweise als Ersatzopfer anbot, war es um so besser für Nog.

Doch in dieser Gleichung spielte noch etwas anderes eine Rolle. Jake war Nogs bester Freund.

Früher hätte das keine große Bedeutung für Nog gehabt. Ferengi waren an ein einsames Leben gewöhnt, und schon in ihrer Jugend brachte man ihnen bei, daß

Verrat, Betrug und Falschheit die besten Methoden waren, sich mit seinen Freunden zu befassen. Doch Nog hatte gelernt, wie auch sein Onkel Quark, daß das seltsame Verhalten der Menschen und anderer Wesen bedeutungsvollere Belohnungen als in Gold gepreßtes Latinum, Dilithium oder Krediteinheiten bieten konnte.

Und so blieb Nog stehen, nachdem seine ursprüngliche Panik nachgelassen hatte, um zu überlegen, was er jetzt tun sollte. Er zögerte, sich an Quark zu wenden, denn er wußte genau, daß sein Onkel ihn ausschimpfen würde. Vor Commander Sisko, der ihm wie ein gewaltiger Riese vorkam, hatte er ein wenig Angst. Er spielte mit dem Gedanken, sich an den Sicherheitsoffizier Odo zu wenden, wußte jedoch, daß es ihm schwerfallen würde, den argwöhnischen Gestaltwandler von irgend etwas zu überzeugen. Wenn er Odo sagte, daß der Weltraum dunkel und voller Sterne war, würde der Sicherheitsoffizier aus einem Bullauge schauen, um sich zu vergewissern. Zumindest vermutete Nog das.

Damit blieb Keiko O'Brien übrig. Obwohl die Ferengi der Ansicht waren, daß Frauen keine Knaben unterrichten sollten, mochte Nog sie insgeheim. Sie war klug, freundlich und – das mußte er sich eingestehen – äußerst attraktiv. Wo würde sie zu dieser Nachtzeit sein?

Wahrscheinlich in ihrem Quartier, vermutete Nog. Molly war erst drei Jahre alt, und kleine Menschenkinder schliefen furchtbar oft und lange. Er wußte, wo die O'Briens wohnten, und eilte dorthin, eine verstohlene kleine Gestalt, die den Blicken der Sicherheitswächter problemlos entging. Schließlich stand er vor der Tür der O'Briens und drückte auf die Klingel.

Fast augenblicklich glitt die Tür auf. Chief O'Brien,

dessen lockiges, hellbraunes Haar zerzaust war, stand vor ihm. »Du?« fragte er. »Was hast du denn hier zu suchen?«

»Wer ist da?« erklang Keikos Stimme aus dem Inneren des Quartiers.

»Es ist Nog«, sagte Chief O'Brien. »He!« Mit der schnellen, sich windenden Bewegung einer Schlange hatte Nog sich auf alle viere fallen lassen und war an ihm vorbeigeglitten. O'Brien brummte überrascht auf, griff nach Nog – und verfehlte ihn um ein paar Zentimeter.

Keiko und ihr Mann hatten gerade vor einem holographischen Feuer zu Abend gegessen. In seinem flackernden gelben Licht tanzte Nog um den Tisch und blieb dabei knapp außerhalb von O'Briens Reichweite. »Lehrerin«, sagte er, »Sie müssen Jake helfen!«

»Miles«, sagte Keiko zu ihrem Mann, der erneut versuchte, Nog zu ergreifen, »laß ihn in Ruhe! Jake? Was ist mit ihm?«

Nog schaute von O'Briens wütendem rotem Gesicht zu Keikos besorgter Miene. »Ein ... ein Ferengest hat ihn!« keuchte Nog.

»Ein Ferengest?« fragte O'Brien. »Was ist denn das, verdammt noch mal?«

»Eine Art Geist«, sagte Keiko. »Nog hat den Begriff heute schon einmal erwähnt, und ich habe ihn nachgeschlagen. Nog, ist das irgendein Streich?«

»Nein! Ich schwöre es bei meiner Hoffnung auf Profit! Ich ... ich versichere es bei meinen Ohren! Es ist die Wahrheit, Lehrerin.«

»Setz dich und erzähle uns alles«, sagte Keiko.

Es dauerte einige Minuten, doch schließlich hatte Nog sich so weit beruhigt, daß er die Geschichte auf eine Art und Weise erzählen konnte, die es den

O'Briens ermöglichte, ihr einen gewissen Sinn zu entnehmen. »Und als ich ihn zuletzt sah, stand er in seinem Quartier vor dem Ferengest«, kam Nog zum Ende. »Er hat gesagt, ich solle jemandem erzählen, daß ein durchsichtiger Außerirdischer an Bord ist. Also bin ich zu Ihnen gekommen.«

O'Brien musterte ihn zweifelnd. »Du willst uns also erzählen, daß er von einem Geist entführt wurde?«

»Von einem Ferengest«, sagte Nog.

Die O'Briens sahen sich an. »Vielleicht solltest du es überprüfen«, sagte Keiko.

»Vermutlich«, stimmte O'Brien zu. »Na schön«, sagte er dann zu Nog. »Steh auf und komm mit. Wir werden uns um Jake kümmern. Aber wenn ich herausfinde, daß wir nur Hirngespinsten nachjagen, werde ich ein Wörtchen mit deinem Vater sprechen. Hast du mich verstanden?«

»Es sind keine Hirngespinste«, sagte Nog. »Ein Ferengest hat Jake geschnappt.«

»Hirngespinste«, verbesserte Keiko ihn. »Wirst du Commander Sisko informieren?«

»Ich glaube, ich spreche lieber persönlich mit ihm«, erwiderte O'Brien. »Diese Cardassianer machen jede Menge Scherereien, und er könnte gerade in einer Konferenz sein. Es wird nur ein paar Minuten lang dauern. Halte mir das Essen warm.«

»In Ordnung.«

Nog ging mit O'Brien los, doch als sie die Promenadenebene erreichten, sagte der Chief: »Geh du lieber mal nach Hause. Um diese Zeit sollte ein Junge in deinem Alter längst im Bett sein. Ich kümmere mich um alles.«

Nog tat vermeintlich, wie geheißen, doch kaum war er überzeugt, daß O'Brien ihm nicht mehr nachsah, wandte er sich um, lief über die Promenade zurück und folgte dem Chefingenieur. Es war nicht so, daß er O'Brien nicht vertraut hätte, doch er wußte, wie phantastisch seine Geschichte für jeden klingen mußte, der nicht an Ferengest glaubte. Nog wollte sich vergewissern, daß Commander Sisko wirklich alles tun würde, was in seiner Kraft stand, um Jake zu finden und aus den Klauen dieses schrecklichen, durchsichtigen Ungeheuers zu befreien.

Sie hatten fast den Lift erreicht, der zur OPS führte, als ein brüllender, schimpfender Mob aus einem der Läden stürmte. Nog tänzelte zurück, als ein fluchender Cardassianer auf einen viel kleineren Bajoraner einschlug. Weitere Bajoraner kamen herangelaufen, um sich in den Kampf zu stürzen, und aus der entgegengesetzten Richtung strömten weitere Cardassianer herbei. Sofort entstand zwischen Nog und dem sich entfernenden O'Brien eine Schlägerei; dann griff der Rest der Menge ein, und aus der Schlägerei wurde ein Krawall. Odos Sicherheitsleute strömten mit gezogenen Phasern aus allen Richtungen herbei. Nog war der Auffassung, daß er schon genug Ärger am Hals hatte, und lief davon, durch einen Hilfskorridor, den nur er kannte.

Der knarrende, quietschende Turbolift hielt zitternd an. Einen schrecklichen Augenblick lang war Jake überzeugt, daß die Türen nicht funktionierten und er in diesem lichtlosen Sarg gefangen war. Dann öffneten die Türen sich mit einem müden Zischen, und ein wenig Licht fiel durch den Spalt. Jake hatte keine Ahnung, wo er war. Der Lift war abwärts gefahren, zum unteren zentralen Bereich der Station. In diesem Teil befanden sich ausschließlich Maschinen, die Stromversorgung und Systemkontrollen, doch wie der Rest der Station war er noch nicht vollständig repariert worden. Die Sektion, in die Jake hinaustrat, war ebenfalls von den Cardassianern beschädigt worden. Wandverkleidungen baumelten an Drähten und Rohren hinab, und nur der schwache, gelbrote Schein der Notbeleuchtung spendete etwas Helligkeit.

Jake hatte die Kabine kaum verlassen, als er sich auch schon nach seinem geisterhaften Begleiter umsah. Einen Augenblick lang konnte er ihn überhaupt nicht ausmachen. Dann wurde ihm klar, daß ein Leuchten, das er für die Reflektion von zwei Notlampen hielt, in Wirklichkeit die Augen des Geschöpfs waren. Jake blinzelte, wandte den Kopf ab und betrachtete die Gestalt aus dem Augenwinkel. Diese Technik hatte funktioniert, als er im Astronomieunterricht einen besonders schwach leuchtenden Stern hatte suchen müssen, und sie half auch hier ein wenig. Ja, jetzt konnte er den kaum sichtbaren feinen Dunst der Kapuze und der Schultern ausmachen, den geisterhaften Glanz, der den Körper des Geschöpfs ahnen ließ. Die Gestalt bewegte sich langsam vorwärts. Jake trat beiseite, um sie vorbeizulassen, und streckte dann impulsiv die Hand aus, um sie zu berühren, als sie in seiner Reichweite war.

Seine Hand tauchte in leere Luft, doch er spürte etwas, ein Gefühl der kitzelnden Kälte. Das Geschöpf blieb stehen und schaute zu ihm hinab. »T-Tut mir leid«, stammelte Jake und zog die Hand zurück. »Ich mache das nie wieder.«

Nach einem Augenblick wich das Geschöpf zurück und winkte Jake erneut. Der Junge folgte ihm mit schlurfenden Schritten, um in der Dunkelheit unangenehme Überraschungen zu vermeiden, etwa, über lockere Bodenplatten oder herumliegenden Schutt zu stolpern. Durch den Boden spürte er ein ständiges summendes Vibrieren, und er vermutete, daß er sich nicht allzu weit über den Kernfusionsreaktoren befand. Er wußte, daß nur zwei der sechs Reaktoren betriebsbereit waren. Die Cardassianer hatten die anderen funktionsunfähig gemacht, bevor sie die Station den Bajoranern und Starfleet übergeben hatten. Diese beschädigten Reaktoren waren möglicherweise tödliche Strahlungsquellen. O'Brien hatte sie jedoch abgeschirmt und sichergestellt, daß es keinen direkten Zugang mehr zu ihnen gab.

»Wohin gehen wir?« fragte Jake, doch die schwebende Gestalt vor ihm reagierte nicht.

Jake hob die Hand, um das Notsignal seines Lokators zu aktivieren, überlegte es sich dann jedoch anders. Er war sicher, daß Nog irgendwie zu seinem Vater durchkommen würde. Andererseits konnte er unmöglich sagen, was das Geschöpf tun würde, wenn er plötzlich Hilfe anforderte. Jake konnte sich alle möglichen Reaktionen des ›Gespenstes‹ vorstellen, wenn plötzlich eine Sicherheitscrew hereinstürmte und die Phaser schwang. Vielleicht würde es angreifen. Vielleicht würde es einfach verschwinden. Vielleicht – Jake mußte bei dem Gedanken unwillkürlich lächeln – würden ein paar Menschen dem ›Geist‹ Angst einjagen und ihn verscheuchen.

Er senkte die Hand und folgte der langsam vorausgleitenden Gestalt. Sie erreichte eine Luke, eine der schwerfälligen, verzahnten Sicherheitstüren der Cardassianer, und aktivierte irgendwie den Sensor, denn die Luke rollte auf. Jake trat hindurch. Nun befand er sich in einem Raum, bei dem es sich vielleicht einmal um eine Werkstatt oder eine Wartungskammer gehandelt hatte. Er war etwa sechs mal sechs Meter groß und wurde von schwachem blauem Licht erhellt, das von den Deckenpanelen kam. Sogar in dieser spärlichen Beleuchtung verblich der ›Geist‹ völlig. Jake stand einen Augenblick lang unsicher da. Hinter ihm schloß sich die Tür wieder. Mit verwirrtem Gesichtsausdruck sog Jake die Luft ein. Sie roch komisch, enthielt einen scharfen, elektrischen Gestank, der ein wenig an Ozon erinnerte, als atmete er eine Atmosphäre, die geringfügig an den biologischen Bedarf einer anderen Spezies angepaßt war.

Nach einem Moment wurde das Licht noch schwächer und orangerot. Jake sah sich um. War das das ›Gespenst‹? Ja: Die vertraute durchscheinende Gestalt beugte sich über ein in eine Wand eingelassenes Kontrollpult. Sie hatte das Licht gedämpft, damit Jake sie sehen konnte, und drehte sich nun zu ihm um und winkte erneut. Jake ging darauf zu. »Hören Sie«, sagte er. »Ich will mich nicht beschweren, aber das wird ziemlich langweilig. Wohin gehen wir jetzt?«

Die Erscheinung hob eine Hand – oder zumindest wurde der Ärmel gehoben. Jake fiel erneut auf, daß er seltsam gebeugt war, als hätte der lange Arm einen zusätzlichen Ellbogen. Jake konnte kaum Einzelheiten ausmachen und nicht mit Sicherheit sagen, ob aus dem Ende des Ärmels eine Hand hervorragte. »Sie wollen, daß ich stehenbleibe?« fragte er und tat wie geheißen. Nach einem Augenblick machte die durchsichtige Erscheinung eine schiebende Bewegung. »Zurück?« fragte Jake und machte einen Schritt rückwärts.

Dann bedeutete die Gestalt ihm, einen halben Schritt nach links zu gehen, und wieder einen halben Schritt vorwärts. Jake wurde allmählich wütend. »Ich weiß nicht, was Sie da machen«, beschwerte er sich. »Soll das eine Art … Geistertanz sein? Ich bin nicht besonders versessen darauf, ihn zu erlernen. Also?«

Das Geschöpf schien endlich mit Jakes Standort zufrieden zu sein. Es zog etwas aus seinem Umhang und richtete es auf den Jungen. Jake sah einen funkelnden Lichtblitz, und dann ...

Eine Explosion!

Er schrie auf und schloß die Augen, als ein grelles Leuchten ihn umfaßte. Der Boden schien unter seinen Füßen zu zittern, und der heiße Geruch von Ozon brannte in seiner Nase. Er glaubte eine entsetzliche Sekunde lang, er würde ohnmächtig, und alles würde sich um ihn drehen. Doch dann verstrich der Moment.

Vorsichtig öffnete Jake die Augen und nahm gleißendes Licht wahr.

Vor ihm stand eine große Gestalt in einer silbergrauen Robe. Die leuchtenden roten Augen lagen tief in einem dunkelgrauen Gesicht. Dessen glatte Oberfläche wies nicht einmal die Andeutung einer Nase auf, verfügte jedoch über einen von oben nach unten gezogenen Mund. Aus dem Ärmel des Mantels erstreckte sich ein skelettartiger Arm, der in einer knochigen Hand endete, die ein Gerät umfaßte, das aus kupfernen Kugeln, kristallinen Stäben und schimmernden Lichtern bestand. Die Hand mit dem Gerät senkte sich, und das grelle Licht verblaßte und wurde erträglicher.

Kaum konnte Jake wieder sehen, schrie er entsetzt auf.

Deep Space Nine war verschwunden.

Um ihn herum leuchteten Millionen Sterne in scharfem, ungetrübtem Glanz.

Und er und das Geschöpf standen in den Tiefen des Alls im Nichts.

5

Der Kampf auf der Promenade war hitzig, aber kurz. Odo kam persönlich zum Schauplatz, um die Sache zu klären. Die Bajoraner behaupteten lauthals, daß die Cardassianer mit der Prügelei angefangen hatten, und die Cardassianer widersprachen, die Bajoraner hätten sie völlig grundlos angegriffen. Schließlich führten die Sicherheitskräfte drei Cardassianer und fünf Bajoraner zur OPS. Nog beobachtete dies alles von einem Ausguck auf der ersten Etage der Promenade, und als er überzeugt war, daß die Luft rein war, lief er ebenfalls zur OPS.

Er traf kurz nach den Sicherheitskräften und den Raufbolden dort ein. Miles O'Brien wartete mit vor der Brust verschränkten Armen vor Commander Siskos Büro. Doch das Anliegen des Sicherheitsoffiziers schien wichtiger als das des Chiefs zu sein, denn Odo wurde mit den Festgenommenen sofort von Sisko empfangen. Ein paar Besatzungsmitglieder der Station sahen ihnen nach und erkundigten sich murmelnd, ob jemand wisse, was genau passiert sei. Nog ging zu O'Brien. »Haben Sie es ihm gesagt?« fragte er.

Der Chief betrachtete ihn überrascht. »Ich dachte, du wärest nach Hause gegangen und schon längst im Bett. Nein, ich habe es Commander Sisko noch nicht gesagt. Als ich zu ihm wollte, kam gerade eine Subraum-Kommunikation von Starfleet an, und dann brach dieser Tumult aus. Aber ich verspreche dir, ich richte ihm deine Nachricht aus, sobald …«

»O nein!« erklang die Stimme eines jungen Fähnrichs an der Kommandokonsole. »Chief, sehen Sie sich das lieber mal an. Den Anzeigen zufolge kam es gerade zu einem Verlust der Primärenergie in allen Andockluken!«

»Was?« O'Briens Gesicht wurde noch röter, als er hinüberging und einen raschen Blick auf den Bildschirm mit dem Computerstatus warf. »Diese verdammte cardassianische Rostlaube! Ja, ich sehe, was Sie meinen. Alles klar, Fähnrich Jonas, ich kümmere mich darum. Eine Wartungscrew soll mich in fünf Minuten an der Hauptenergiekupplung im Andockring treffen. Wahrscheinlich sind nur die verdammten energetischen Relaissensoren wieder mal ausgefallen, aber wir müssen auf Nummer Sicher gehen.«

»Warten Sie!« rief Nog. »Was ist mit ...«

O'Brien schüttelte den Kopf. »Tut mir leid, Nog. Auf mich wartet Arbeit. Aber das wird nicht lange dauern, und die Streithähne im Büro werden den Commander sowieso noch eine Weile mit Beschlag belegen. Sobald wir in den Andockluken wieder Energie haben, komme ich zurück, mein Junge. Also mach dir keine Sorgen, Nog. Jake wird bestimmt nichts passieren.« O'Brien drehte sich zu dem Fähnrich um. »Das hat nicht die ganze Nacht Zeit! Was ist mit dem Wartungsteam?«

»Schon unterwegs, Sir«, erwiderte Jonas.

O'Brien eilte davon und ließ einen wütenden und frustrierten Nog zurück. Der junge Ferengi sah sich verstohlen um. Niemand achtete auf ihn. Er schlich zur Tür von Commander Siskos Büro, doch genau in diesem Augenblick schritt ein wütend aussehender Cardassianer in der Uniform eines Captains darauf zu. Die Tür öffnete sich zischend, und als der Cardassianer hineinmarschierte, schlüpfte Nog direkt hinter ihm in das Büro. Niemand bemerkte ihn. Er verzog sich sofort in eine dunkle Ecke und wurde ganz Ohr – keine schwierige Aufgabe für einen Ferengi.

»Das ist ungeheuerlich!« brüllte der Neuankömmling sofort. Die gewaltigen, tauartigen Sehnen in seinem Hals waren vor Wut angeschwollen. »Sisko, wenn Ihre Leute nicht mal die Sicherheit meiner Crew garantieren können und wir ohne jeden Grund von einem gewalttätigen Pack von ...«

»Ruhe!« schnappte Sisko mit krächzender, wütender Stimme. Er sah müde und gereizt aus und schien bereit zu sein, jeden Augenblick tätlich zu werden. »Gul Chok, weitere Wutausbrüche tragen nicht dazu bei, die Situation zu verbessern. Die Schlägerei ist vorbei, und niemand wurde verletzt – zum Glück. Was die Frage betrifft, wer sie angefangen hat... wir sind gerade dabei, dies zu klären, also hüten Sie sich vor vorschnellen Schuldzuweisungen.« Er wandte sich an Odo. »Constable, fahren Sie mit Ihrem Bericht fort.«

»Wie ich schon sagte, Commander«, nahm der Gestaltwandler mit einem Blick auf Chok den Faden wieder auf, »bestätigen die Zeugen übereinstimmend, daß Barys Kavar als erster zugeschlagen hat.«

»Nachdem diese ungehobelten Klötze mich provoziert haben!« widersprach einer der Bajoraner. »Commander, diese Spezies hat die meine jahrzehntelang versklavt und uns schlimmer als Tiere behandelt. Ich konnte es nicht ertragen, neben diesem Ungeheuer zu sitzen und mir seine üblen Beleidigungen anhören zu müssen ...«

Commander Sisko brachte den Mann mit einer Handbewegung zum Schweigen. »Was genau hat er gesagt?« fragte er.

Der Bajoraner betrachtete trotzig einen der Cardassianer, doch der grinste ihn nur an. »Er hat uns Schafe genannt!« rief Barys Kavar. Die anderen murmelten zustimmend. Barys richtete sich zu voller Größe auf. »Das muß ich mir nicht gefallen lassen!« fügte er hinzu.

»Und wissen Sie auch, was ein Schaf ist, Mr. Barys?« fragte Commander Sisko seufzend.

»Natürlich!« fauchte der wütende Bajoraner. »Jeder weiß, was ein Schaf ist. Es ist ein ... na ja, eine Art ... und wer will schon Schaf genannt werden?«

»Das habe ich mir gedacht.« Sisko wandte sich an den cardassianischen Captain. »Nun gut, Gul Chok. Ich will nicht behaupten, daß Ihre Crew an diesem ... diesem Zwischenfall schuldlos ist, doch ich kann ihr kaum mehr als kindisches Benehmen vorwerfen. In der Tat haben sich beide Seiten wie ungezogene Rotznasen benommen. Ich schlage vor, daß wir alle Festgenommenen freilassen ... unter der Bedingung, daß sie sich einverstanden erklären, sich in Zukunft aus dem Weg zu gehen.«

»Schlechte Disziplin, Commander«, knurrte Chok. »Doch ich bin mit dem Kompromiß einverstanden. Meine Männer werden in der Bar dieses Ferengi eine Erfrischung zu sich nehmen. Sorgen Sie dafür, daß diese ... Schafe woanders hingehen.«

Einer der Bajoraner bewegte sich zornig, doch ein Sicherheitswächter legte warnend eine Hand auf seine Schulter. Sisko nickte. »Dann gehen Sie jetzt. Und nehmen Sie Ihre Leute mit.«

»Nur noch sechs Stunden bis zum Ablauf der Frist, Commander«, sagte Chok. »Ich hoffe darauf, eine Antwort zu bekommen.«

»Zum letzten Mal«, erwiderte Sisko, »ich dulde kein

Ultimatum. Ihr Gesuch liegt mittlerweile Starfleet und der bajoranischen Regierung vor. Ich habe alles Nötige veranlaßt und schlage vor, daß Sie dasselbe tun.« Der Commander warf einen bedeutungsvollen Blick zur Tür.

»Mitkommen«, befahl Gul Chok. Er drehte sich um und verließ das Büro. Langsam, einer nach dem anderen, folgten ihm die unverschämten Cardassianer und grinsten dabei ungehobelt.

»Und die Bajoraner?« fragte Odo und deutete auf die fünf restlichen Festgenommenen.

Commander Sisko seufzte und rieb sich die Augen. »Zuerst möchte ich ihnen etwas über Schafe erzählen. Barys, Schafe sind ... äh ... edle Geschöpfe von der Erde. Sie sind wegen ihrer ... äh ... Solidarität berühmt und sehr wertvoll für die Menschheit, weil sie Wolle liefern, einen Stoff, der die Menschen vor den Elementen schützt. Ich würde vorschlagen, daß die Bajoraner in Zukunft solche bedeutungslosen Sticheleien der Cardassianer einfach ignorieren, denn die Cardassianer wissen eindeutig nicht, wovon sie sprechen.«

Barys schaute ein wenig verwirrt drein, nickte dann jedoch. »Glauben Sie mir, Commander, wir wollen diesen ungehobelten, unwissenden, wilden Tieren bestimmt nicht noch einmal über den Weg laufen. Aber diese Raumstation ist als gemeinsame Unternehmung Ihres und meines Volks gedacht. Wenn Sie unseren alten Feinden gestatten, sich hier frei zu bewegen, wird meine Regierung sehr ungehalten sein.«

»Sagen Sie ihr, sie soll sich hinten anstellen«, erwiderte Commander Sisko mit verdrossenem Gesichtsausdruck. »Und jetzt gehen Sie. Und halten Sie sich von weiterem Ärger fern.«

Die Bajoraner eilten zur Tür, und Nog glitt aus seinem Versteck – aber nicht schnell genug, um Odos Aufmerksamkeit zu entkommen. Der Sicherheitsoffizier sagte nichts, sondern ergriff Nog am Arm und führte ihn hinaus. »Der Commander hat zuviel zu tun, um im Augenblick mit dir sprechen zu können«, sagte er.

»Bitte«, stöhnte Nog. »Es ist wirklich wichtig. Es geht um Jake.«

Odo sah zu ihm hinab. Obwohl es ihm normalerweise recht gut gelang, eine allgemeine humanoide Gestalt aufrechtzuhalten, neigte er gelegentlich dazu, nicht genug auf die Details zu achten. Seine Ohren waren zum Beispiel lediglich zwei glatte, rosa Schalen – und Nogs Auffassung zufolge viel zu klein, um ihm ein wirklich eindrucksvolles Aussehen zu verleihen. »Was ist mit Jake?« fragte er.

»Er steckt in der Klemme. Chief O'Brien sollte es Commander Sisko sagen«, erwiderte Nog.

Odo schaute zur Kommandokonsole hinüber. »Wo ist Chief O'Brien?« fragte er Fähnrich Jonas.

Der emsige junge Mann sah von seinen Monitoren auf. »Wir haben einen Energieverlust im Andockring. Chief O'Brien hat eine Wartungscrew angefordert und behebt ihn gerade.«

»Hat der Chief etwas von Jake Sisko gesagt, bevor er aufbrach?« fragte Odo nickend.

Der Fähnrich schaute verwirrt drein. »Über den Sohn des Commanders? Nein, Sir.«

»Danke, Jonas. Das ist alles.« Mit einem ungehaltenen Gesichtsausdruck schüttelte Odo den Kopf. »Nog, ich hoffe, das wird dir eine Lehre sein. Wenn du darauf hoffst, jemanden hereinzulegen, mußt du deine Streiche gründlicher vorbereiten. Und jetzt verschwinde. Wir haben für so einen Unsinn im Augenblick wirklich keine Zeit. Wenn ich dich noch mal in der OPS erwische, wirst du nicht so leicht davonkommen.« Und als wäre ihm gerade noch etwas eingefallen, fügte er hinzu: »Um dafür zu sorgen, daß du keine Schwierigkeiten mehr machst, werde ich dich zu deinem Onkel zurückbringen. Und jetzt komm mit, bevor mir noch irgendeine Vorschrift einfällt, gegen die deine Familie verstoßen hat, und ich die Lasterhöhle deines Onkels schließe.«

Das war eine wirksame Drohung. Niedergeschlagener denn je trottete Nog neben Odo einher. Wollte ihm denn *niemand* glauben? Er spielte mit dem Gedanken, sich noch einmal an Keiko zu wenden, doch sie würde die Sache wahrscheinlich einfach wieder O'Brien übergeben. Nach einem Augenblick der Unentschlossenheit kam ihm ein Einfall. Er würde mit seinem Onkel sprechen.

Auf dem Weg zum Restaurant fiel Nog auf, daß ungewöhnlich viele Sicherheitswächter im Einsatz waren. Odos Leute bemühten sich um Unauffälligkeit, nickten jedoch, wenn ihr Chef an ihnen vorbeiging, und der Gestaltwandler erwiderte das Nicken kurz und knapp. Odo mußte seine Leute angewiesen haben, bei Tumulten sofort einzuschreiten. Als die beiden sich Quarks Spielkasino näherten, schritt Nog langsamer aus. Etwas stimmte nicht. Normalerweise ging es zu dieser Abendzeit dort laut und ungestüm zu, wimmelte es dort vor hungrigen, durstigen und spielwütigen Gästen. Doch an diesem Abend war alles ungewöhnlich ruhig. »Nach dir«, sagte Odo, als sie vor der Tür standen. Nog war klar, daß der Sicherheitsoffizier nicht einfach höflich war. Odo wußte sehr wohl, wie schnell ein kleiner, flinker Ferengi sich fortschleichen konnte, wenn niemand auf ihn achtete.

Quark stand hinter dem Tresen und schaute unglücklich drein. »Na endlich!« rief er, als er sie sah. »Welch wundervoller Anblick für meine Augen!«

Nach einer kurzen Überraschung begriff Nog, daß sein Onkel nicht mit ihm, sondern mit Odo sprach.

»Ich bringe Ihren Neffen zurück«, sagte der Gestaltwandler kühl. »Er hat sich an einen Ort verirrt, an dem er nichts zu suchen hat. Bitte sorgen Sie dafür, daß er in den nächsten Tagen auf seinem Zimmer bleibt und sich keine Schwierigkeiten einbrockt. Gute Nacht.«

»Warten Sie!« kreischte Odo. »Könnten Sie vielleicht einen Augenblick Ihrer kostbaren Zeit für mich erübrigen, mein Freund?«

Nog sah sich neugierig um. Jetzt war ihm klar, weshalb das Restaurant so leer war: Die Cardassianer, die vor ein paar Minuten die OPS verlassen hatten, hatten sich zu einigen Artgenossen gesellt. Etwa ein Dutzend von ihnen lümmelte sich an den Tischen. Kein Wunder, daß andere Gäste ausblieben. Niemand wollte sich mit Cardassianern abgeben.

»Mein Freund?« fragte der Sicherheitsoffizier. Seine Stimme troff vor Sarkasmus. »Das ist mir aber völlig neu, Quark. Ich hatte immer den Eindruck, für eine Freundschaft sei zumindest erforderlich, daß zwei Personen einander mögen.«

»Oh – aber ich mag Sie, Odo, wirklich«, widersprach Quark. Er blinzelte; wahrscheinlich war ihm klargeworden, wie unglaublich diese Erklärung klang. »Zumindest bringe ich Ihnen und der Aufgabe, die Sie so hervorragend bewältigen, den größten Respekt entgegen«, fügte er hastig hinzu.

»Obwohl Sie versuchen«, murmelte Odo gelangweilt und mit einem höflichen Lächeln, »gegen jedes nur erdenkliche Gesetz zu verstoßen, sobald ich Ihnen den Rücken zuwende. Eine seltsame Art von Respekt, Quark.«

»Wir können hier nicht offen miteinander sprechen«, sagte Quark mit einem verzweifelten Blick auf die Cardassianer. »Es dauert nur einen Moment. Ich bitte Sie um einen Gefallen, Odo.«

»Nun ja«, sagte der Gestaltwandler, und diesmal klang er wirklich beeindruckt. »Wenn Sie so verzweifelt sind, habe ich natürlich Zeit für Sie, Quark. Aber nur einen Augenblick!«

Nog folgte den Erwachsenen in das Büro seines Onkels. Die Tür schloß sich hinter ihnen, und Quark ließ sich stöhnend in einen Sessel fallen. »Sie ruinieren mich!« beschwerte er sich.

»Wer?« fragte Odo.

»Die Cardassianer!« explodierte Quark. »Solange sie hier sind, will kein anderer die Bar besuchen!«

»Haben die Cardassianer das Gesetz gebrochen?« fragte Odo, und in seiner Stimme flackerte Interesse auf.

»Nein, aber sie ruinieren mich!« sagte Quark.

»Und was genau stellen sie an?« sagte Odo.

Quark riß mit einer Geste der wütenden Hilflosigkeit die Hände hoch. »Sie vertreiben meine Gäste und verderben mir das Geschäft. Meine Einnahmen belaufen sich fast auf Null!«

»Sie servieren den Cardassianern Essen und Getränke«, wandte Odo ein. »Dafür bezahlen sie doch, oder?«

Quark schlug auf den Tisch. »Sie sind geizig!« heulte er. »Ein Cardassianer knabbert stundenlang an einem elenden Runzelpflaumensalat und trinkt ausschließlich billiges Wasser!«

Odo seufzte. »Quark, ich werde liebend gern jeden Cardassianer in Ihrem Restaurant verhaften ...«

»Vielen, vielen Dank, Freund Odo!« Quark sprang aus dem Sessel und griff nach der Hand des Gestaltwandlers. »Wenn ich je etwas für Sie tun kann ...«

»Lassen Sie mich ausreden.« Odo zog die Hand zurück. »Ich werde gern jeden Cardassianer in Ihrem Restaurant verhaften, sobald er gegen ein Gesetz verstößt. Bis dahin sind sie jedoch Ihr Problem.«

»Aber was soll ich nur mit ihnen machen?« jammerte Quark.

»Vielleicht«, sagte Odo mit einem nachdenklichen Gesichtsausdruck, »sollten Sie den Preis des Runzelpflaumensalats erhöhen. Gute Nacht – ›Freund Quark‹.«

Der Sicherheitsoffizier ging. Quark sank in seinen Sessel zurück und funkelte Nog wütend an. »Und du hast wieder Unsinn ausgeheckt?« fragte er.

Nog konnte dem Blick seines Onkels nicht standhalten. »Jake steckt in Schwierigkeiten«, murmelte er.

»Wir alle stecken in Schwierigkeiten«, murmelte er. »Und Schuld daran tragen nur diese elenden, knauserigen Cardassianer.«

»Onkel«, bat Nog, »Jake braucht unsere Hilfe.«

Quark griff sich mit beiden Händen an den Kopf. »Jake, Jake, Jake!« rief er. »Was anderes höre ich nicht von dir! Du weißt, daß dein Vater etwas gegen diesen Menschenjungen hat. Warum suchst du dir zur Abwechslung nicht mal ein paar normale Ferengi-Freunde aus?«

»Ich bin der einzige junge Ferengi auf der Station«, wandte Nog ein. »Aber das ist im Augenblick nicht wichtig. Jake hat den Ferengest ebenfalls gesehen ...«

Zischend vollzog Quark mit dem Fingern eine komplizierte Bewegung, eine uralte Geste der Ferengi, die böse Einflüsse abwehren sollte. »Das ist noch so eine Sache«, sagte er. »Du mit deinem Unsinn über Ferengest und Gespenster und was weiß ich nicht noch alles! Ich kann darauf verzichten, daß du mir noch mehr Schwierigkeiten einbrockst! Bis diese Cardassianer die Station verlassen haben, wirst du auf deinem Zimmer bleiben. Hast du mich verstanden?«

»Onkel ...«

Quark machte eine wütende Handbewegung. »Ich entziehe dir das Durchgangsrecht! Ich hebe deine Bewegungsfreiheit auf! Du bist bis auf weiteres in dein Quartier verbannt. Du hast die Münze der Freiheit verloren. Du bist ... du hast ... wie lautet dieser Erdenausdruck noch gleich?«

»Stubenarrest«, murmelte Nog.

»Du hast Stubenarrest!« donnerte Quark. »Ich habe gesprochen! Bei den Profiten meiner Vorfahren, wenn du deine Ohren außerhalb deines Zimmers blicken läßt, bevor ich es dir erlaubt habe, werde ich Seife aus ihnen machen!« Quark drückte auf einen Knopf auf dem Schreibtisch, und kurz darauf betrat ein privater Sicherheitswächter das Büro, ein großer, schuppiger grüner Valpasianer.

»Ja?« zischte er mit seiner leisen reptilischen Stimme.

»Vissch, mein Neffe ist auf sein Zimmer verbannt. Begleite ihn dorthin. Ich werde den Öffnungskode der Tür persönlich ändern.«

»Onkel ...«

»Geh«, befahl Quark. »Jetzt muß ich mein Unternehmen schützen. Vielleicht sollte ich das Gerücht verbreiten, daß einem von Runzelpflaumensalat der Hals schrumpft ...«

»Komm«, sagte Vissch und legte eine kalte Hand auf Nogs Schulter.

Nog wußte, daß er verloren hatte, und leistete keinen Widerstand. Valpasianer waren eine hagere, grüne Spezies, die von einer intelligenten Echsenrasse abstammte, und sie waren schnell und hatten scharfe Augen. Vissch würde er auf keinen Fall entkommen.

Doch er mußte trotzdem irgendeine Möglichkeit finden, Jake zu helfen.

Er wünschte nur, er hätte auch nur die geringste Ahnung, wie diese Möglichkeit aussah.

6

Mit einem erstickten Schrei streckte Jake die Arme aus und schlug heftig um sich, während er versuchte, das Gleichgewicht zu bewahren. Vor ihm schwebte der jetzt körperliche ›Geist‹ neben einem seltsamen, brusthohen Gerät, das ein wenig einem Pilz ähnelte. Das mit einem Mantel bekleidete Geschöpf streckte das kleinere Gerät mit den Kugeln und Stangen aus – und eine Stimme, die aus diesem Gerät und nicht über die Lippen des Wesens kam, sagte leise: *Die Körperlichkeit dieser Lebensform wird der Bequemlichkeit halber angepaßt.* Die Stimme hatte einen seltsamen, nichtmenschlichen Tonfall, der halb zwischen dem eines Mannes und dem einer Frau lag. *Bitte Augen schließen,* fügte sie hinzu.

Diesem Befehl Folge zu leisten, fiel Jake so schwer wie kaum etwas, das er je getan hatte. Die gewaltige Leere des Alls machte ihm angst, und er hatte das schreckliche Gefühl, sollte er die Augen schließen und dann wieder öffnen, würde er feststellen, daß er allein und sterbend im kalten Vakuum zwischen den Sternen weilte. Doch er zwang sich, die Lider geschlossen zu halten, und eine entsetzliche Minute lang schien er in einer unendlichen, einsamen Schwärze zu schweben. Dann prallte wieder Licht auf seine geschlossenen Lider, ein so helles Licht, daß er ein lebhaftes Rot wahrzunehmen schien, und er spürte ein summendes, dröhnendes Vibrieren. Schaudernd atmete er tief die nach Ozon riechende Luft ein.

Jetzt öffnen. Ist vollbracht.

Zitternd öffnete Jake die Augen. Er blinzelte. Jetzt war die Lebensform vor ihm erneut fast durchsichtig. Doch die Station war wieder da – zumindest teilweise. Auch sie schien nun halb durchsichtig zu sein. Jake stand auf einem Boden, der aus Rauchglas zu bestehen schien, und konnte darunter die Rohre, Stützbalken und Maschinen der Lebenserhaltung ausmachen. Er schnappte erstaunt darüber nach Luft, wie hell die zahlreichen ›Flüsse‹ aus vielfarbigem Licht waren. Blendenden blauweißen Strömen entsprangen helle, gelbe Nebenflüsse, die orangefarbene Zweige speisten, die wiederum von einem sehr feinen roten, purpurnen und violetten Netzwerk ersetzt wurden. »Was ist das?« keuchte Jake. »All diese Farben!«

Das große, humanoide Geschöpf drehte den Kopf und betrachtete die Lichtströme. *Das ist Energiefluß der Generatoren der Station zu allen Servomechanismen.* Das Geschöpf drehte sich wieder zu Jake um und fragte über das Sprechgerät: *Diese Lebensform jetzt funktionell?*

»Was?« sagte Jake. »Äh … meinen Sie, ob ich in Ordnung bin?«

Bin ich in Ordnung? sagte das Geschöpf.

»Das weiß ich nicht«, erwiderte Jake. »Sind Sie in Ordnung?«

Nach einem kurzen Schweigen bewegte die Gestalt wieder das Sprechgerät. *Erklären ich, Sie.*

Jakes Schädel dröhnte. »Na ja«, sagte er. »Ich bin … äh … ich. Jake Sisko.« Er schlug auf seine Brust. »Diese Lebensform bin ich.«

Dann bin ich in Ordnung?

Jake lachte. »Nein, nein«, sagte er. »Wenn Sie sprechen, sind *Sie* ich. Aus *ich* wird *Sie*.«

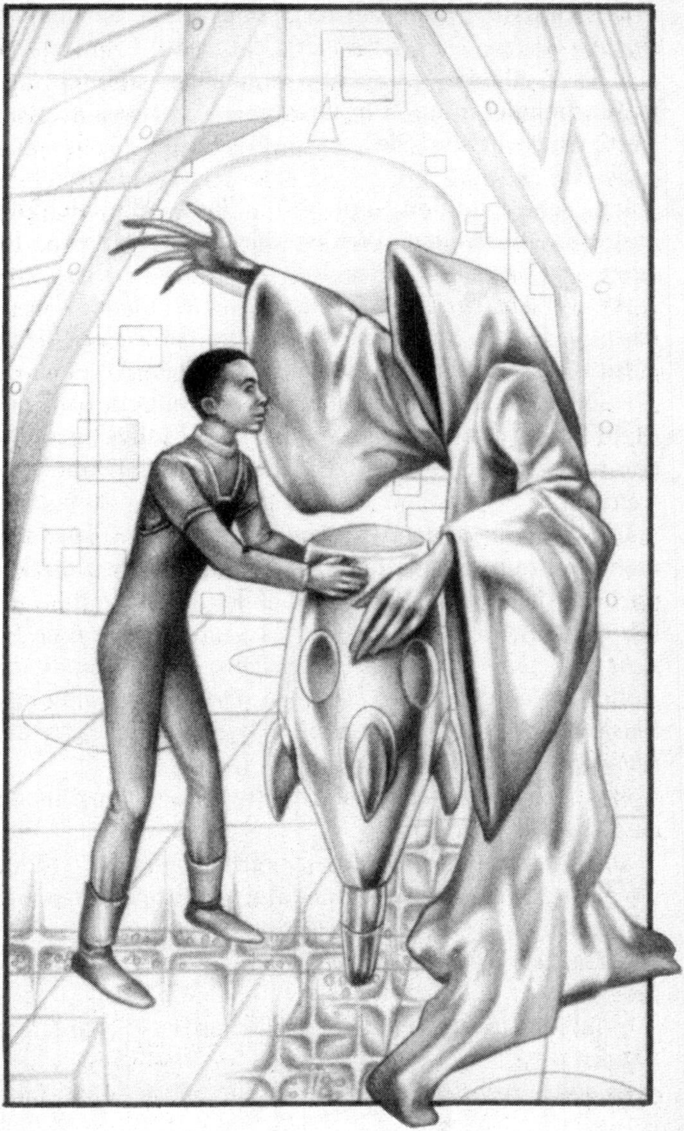

Das Geschöpf hielt den Kopf schräg. *Ah. Sie und ich sind ein Ganzes. Diese Lebensform versteht.*

»Das … glaube ich nicht«, sagte Jake. »Hören Sie, wahrscheinlich bin ich in Ordnung. Aber was ist passiert? Und wer sind Sie?«

Sie bin ich.

Jake schüttelte den Kopf. »Nein, lassen Sie mich die Frage anders stellen. Wer ist diese Lebensform?« Er zeigte auf das Geschöpf.

Ah. Verstanden. Diese Lebensform ist ein dhraakellianischer Suchender, eine Verkörperlichung des dhraakellianischen Ganzen. Diese Lebensform ist … Mensch?

»Genau«, sagte Jake erleichtert, »ich bin ein Mensch. Mein Name ist Jake Sisko.« Ihm fiel Mollys unsichtbarer Freund ein. »Sind Sie … sind Sie Dhraako?« fragte er.

Die grell leuchtenden, rotgelben Augen konnten nicht blinzeln. Sie hatten keine Lider. Doch plötzlich wirkten sie nachdenklich. Schließlich bewegte das Geschöpf sein Sprechgerät, und es sagte: *Die Kleine, die sieht und hört, nennt diese Lebensform so. Sie konnte die Natur des Ganzen nicht verstehen. Deshalb hat diese Lebensform Jake Sisko hierhergeholt. Jake Sisko muß dieser Lebensform helfen.*

»Äh … hat diese Lebensform etwas dagegen, daß ich sie Dhraako nenne?«

Diese Lebensform hat nichts dagegen.

»Also gut, Dhraako«, sagte Jake. »Ich freue mich, Sie kennenzulernen. Was genau sind Sie?«

Diese Lebensform ist genau eine Verkörperlichung des Ganzen.

»Mann«, stöhnte Jake. »Das wird aber *ziemlich* lange dauern.«

Er sollte recht behalten. Stück um Stück setzte Jake

eine erstaunliche Geschichte zusammen. Dhraako war eigentlich kein Individuum, sondern eher Teil eines größeren Organismus – einer Einheit, die eine gesamte Spezies namens dhraakellianisches Ganzes war. Genau wie die verschiedenen Bestandteile des menschlichen Körpers verschiedene Aufgaben erfüllten – einige ließen das Blut zirkulieren, andere verdauten Nahrung, und wieder andere sahen, hörten, rochen, berührten und fühlten –, ließen sich die verschiedenen Verkörperlichungen des dhraakellianischen Ganzen mit Organen vergleichen. Suchende, so erfuhr Jake, waren eine Art von Kombination aus Augen und Ohren. Ihre Aufgabe war es, das Universum zu beobachten und die Informationen, die sie sammelten, irgendwie an das Ganze weiterzuleiten.

»Woher kommen Sie?« fragte Jake. »Wie sind Sie hierhergekommen?«

Je mehr Übung er bekam, desto besser konnte Dhraako sich verständlich machen. Zuerst hatte Jake geglaubt, in dem dunkelgrauen Gesicht keine deutbaren Regungen ausmachen zu können, doch nun wurde ihm klar, daß dieser Eindruck falsch gewesen war. In Wirklichkeit waren die Haut und das Fleisch des Gesichts unglaublich beweglich, und der nach unten gezogene Mund zuckte und wand sich, während die Wangen anschwollen oder zusammenschrumpften und die Augen heller oder dunkler leuchteten. Er verstand diese seltsamen Ausdrucksformen nicht, doch irgendwie machten sie den Suchenden etwas wirklicher und weniger fremdartig. *Wir führen eine Existenz,* erklärte der Suchende, *die sich nicht mit der deinen vergleichen läßt. Dieses Hier-und-Jetzt ist eine Ausprägung der Raumzeit. Wir leben in einer anderen.*

»Können wir Sie deshalb nicht sehen?« fragte Jake.

Ja. Wir leben an einem Ort zwischen diesem materiellen Universum und einer Ebene aus reiner Energie.

»Oh«, sagte Jake. »Etwa eine andere Dimension?«

Di-men-si-on, sagte das Sprechgerät, als habe es dieses Wort zum erstenmal gehört. *Ja, der Ausdruck Dimension wird genügen. Wir kennen eure Existenzebene, können sie jedoch nur getrübt wahrnehmen. Unsere Wissenschaft ermöglicht es uns, sie zu beobachten. Das ist die Aufgabe dieser Lebensform: beobachten und berichten. Keines der großen körperlichen Wesen kann diese Lebensform sehen. Nur die sehr jungen können das.*

»Für Erwachsene sind Sie unsichtbar?« fragte Jake.

Un-sicht-bar, wiederholte Dhraako. *Ja. Diese Lebensform, Dhraako, versteht nicht, warum Junge sie sehen können und Alte nicht. Jake Sisko ist zwischen jung und alt. Jake Sisko kann diese Lebensform teilweise wahrnehmen. Deshalb muß Dhraako mit Jake Sisko sprechen.*

»Ich verstehe«, sagte Jake und fragte sich, ob er das tatsächlich tat. »Sind Sie der einzige … äh … Suchende hier, Dhraako?«

Das bewegliche Gesicht vermittelte plötzlich einen Eindruck von hohem Alter und großer Einsamkeit. *Ja.* Die geisterhafte Gestalt berührte das pilzförmige Gerät. *Dhraako kam vor vielen eurer Jahre in einem Sucherschiff durch die Strukturstörung in diesen Teil der Galaxis. Seitdem ganz allein.*

Jake runzelte die Stirn. »Strukturstörung?« fragte er. »Meinen Sie damit das, was wir das bajoranische Wurmloch nennen?«

Wurmloch, bestätigte das Gerät. *Ja. Brücke zu anderer Seite der Galaxis. Wo das Ganze sich entwickelte. Diese Verkörperlichung, Dhraako, kam hierher, als diese Station gebaut wurde.*

»Von den Cardassianern?« fragte Jake.

Ja. Dhraako sah sie und ihre Opfer, die Jake Sisko Bajoraner nennen. Dhraako lebte unsichtbar an Bord dieser Station, um zu sehen und Bericht zu erstatten.

»Mann«, sagte Jake. »Dann sind Sie aber wirklich alt.«

Das Ganze kennt kein Alter, erwiderte das Gerät. *Aber Dhraako kennt Einsamkeit. Dhraako fühlte den Schmerz der Bajoraner. Fühlte den Zorn der Cardassianer. Dhraako … schwer zu erklären … fühlt im Inneren, daß Cardassianer vernichten wollen. Dhraako gefällt nicht Vernichtung derer, die Dhraako beobachtet.*

Jake war plötzlich unbehaglich zumute. »Ich verstehe nicht, Dhraako. Meinen Sie damit, daß Deep Space Nine sich in irgendeiner Gefahr befindet? In diesem Augenblick?«

Schreckliche Gefahr, sagte das Sprechgerät. Dhraako justierte eine der Kugeln, und plötzlich wurde die Stimme lauter und dringlicher: *Jake Sisko! Diese Station wird vernichtet werden! Alle an Bord werden sterben! Es wird bald geschehen!*

Jake spürte, daß sein Magen sich zusammenzog. »Deep Space Nine wird zerstört werden?«

Alle an Bord werden sterben! Du mußt helfen, die anderen zu warnen und die Lebensformen an Bord der Station zu retten! Der Suchende beugte sich vor, und seine orangeroten Augen funkelten eindringlich. *Jake Sisko – nur du kannst diese Station retten!*

Wäre Vissch ein Ferengi gewesen, hätte er vermutet, daß etwas nicht stimmte, als Nog sich von ihm so bereitwillig auf sein Zimmer bringen ließ. Die Jungen von Vissch' Spezies schlüpften aus Eiern und waren danach sich selbst überlassen. Vissch hatte sich bislang noch nie mit einer jungen Person befassen müssen.

Also ging er seines Weges, nachdem er sich überzeugt hatte, daß Nog in dem Quartier eingeschlossen war.

Doch das war nur teilweise richtig. Nog war im Augenblick zwar tatsächlich gefangen, doch die Tür hatte sich kaum zischend geschlossen, als er auch schon versuchte, sie mit einem strengen verbalen Befehl zu öffnen. Die Tür bewegte sich nicht. Nog hatte gehofft, daß Quarks Schwierigkeiten mit den ungeliebten cardassianischen Gästen seinen Onkel von der Drohung ablenken würde, den Kode der Tür zu ändern, doch Quark hatte sich daran erinnert. Jetzt war es an der Zeit für Plan B.

Nog ging auf sein Zimmer. Rom versuchte, Nog ein guter Ferengi-Vater zu sein. Zum Beispiel durchsuchte er regelmäßig Nogs Zimmer nach Gegenständen, die sein Sohn dort versteckt haben könnte. Um ihm eine Freude zu machen, verbarg Nog jede Menge kleiner, unwichtiger Gegenstände an leicht aufzuspürenden Orten: einen verlorenen Ring mit einem Flammenjuwel von Altair, den er gefunden hatte, eine Platinmünze, die er vom Gewinn eines unaufmerksamen Spielers stibitzt hatte, und anderen Kleinkram. Und wenn Rom diese Gegenstände beschlagnahmte, protestierte er stets laut und wütend.

Doch das war nur Schau. In seinen *richtigen* Verstecken bewahrte Nog einige Schätze auf, die Rom niemals finden würde. Er öffnete ein Lichtmodul. Er schraubte eine Lichtkugel ab und nahm sie heraus. Nog bedauerte es, die Lichtkugel zerbrechen zu müssen, denn es war sehr schwierig gewesen, den Replikator so zu manipulieren, daß er die Lichtkugel um diesen ganz besonderen Schatz kopierte. Doch er war verzweifelt, und so hüllte er die Kugel vorsichtig in ein Permatuch und zerschlug sie. Dann holte er sein Beutestück zwischen den Scherben hervor. Er programmierte den Nahrungsmittel-Replikator darauf um, eine Lichtkugel erschaffen zu können, stellte sie her und schraubte sie wieder in das Modul ein. Dann traf er die Vorkehrungen für seine Flucht.

Nogs Onkel Quark hatte einen Schatz, der ihm teurer als alles andere war. Dabei handelte es sich um einen Satz cardassianischer isolinearer Chips. Diese Computerbestandteile konnten Computeranweisungen der meisten Sicherheitsstufen aufheben. Nach Wochen sorgfältiger Planung hatte Nog einen Chip aus dem Bestand seines Onkels gestohlen. Er steckte ihn ins Computerterminal und befahl: »Computer, Quarks Befehl sofort aufheben und die Tür von Roms Wohnquartier öffnen!«

Die Tür glitt auf, und Nog stürmte hindurch. Er verspürte ein starkes Bedauern. Quark würde bestimmt dahinterkommen, wie Nog die Tür geöffnet hatte, und die Herausgabe des gestohlenen isolinearen Chips verlangen. Trotzdem, dachte Nog, würde sein Onkel Bewunderung dafür empfinden müssen, wie clever es von ihm gewesen war, den Chip gestohlen und dann benutzt zu haben. Er hoffte, damit irgendwie alles ausgleichen zu können. Zur OPS nahm er einen gewundenen Weg, der durch mehrere kleine Versorgungsgänge führte und den nur er kannte. Er war entschlossen, seinen Auftrag diesmal auszuführen.

Kaum war er dort eingetroffen, als der Commander sein Büro verließ. Odo folgte ihm. »Sie belästigen uns absichtlich«, sagte der Gestaltwandler. »Bis Sie diese Cardassianer der Station verwiesen haben, werden wir auf Deep Space Nine keine Ruhe haben.«

»Odo, das kann ich nicht«, sagte Commander Sisko. Er sah entsetzlich müde aus. Nog wurde klar, daß der

Commander seit fast vierundzwanzig Stunden nicht mehr geschlafen hatte. Der große Mann gähnte. »Wie Sie selbst gesagt haben«, fuhr er dann fort. »Bis sie gegen ein Gesetz verstoßen, haben wir keinen Grund, sie zu verhaften.«

Odo beugte sich vor. Auch er sah allmählich müde aus und schmolz an den Rändern ein wenig. »Commander, ich habe Gul Chok überprüft. Er und seine Crew sind von der cardassianischen Regierung mit keinerlei Befugnissen ausgestattet worden. Sie sind kaum mehr als Kriminelle, die sich als Repräsentanten Choks Regierung ausgeben. Chok befehligt zwar ein eigenes Schiff, ist aber nicht befugt, den militärischen Titel ›Gul‹ zu tragen. Ist Ihnen schon in den Sinn gekommen, daß es sich bei diesen Cardassianern um Terroristen handeln könnte?«

»Natürlich ist es das«, sagte Commander Sisko. »Bei Chok und seiner Mannschaft könnte es sich um Raumpiraten handeln. Aber Cardassianer halten zusammen, und seine Regierung wird Starfleet nicht eingestehen, daß sie keinerlei Kontrolle über ihn hat.«

»Vielleicht hat sie das doch«, beharrte Odo. »Commander, ich kenne die Cardassianer. Es besteht durchaus die Möglichkeit, daß die cardassianische Regierung Chok zu einer geheimen Sabotagemission hierhergeschickt hat.«

Der Commander bedachte Odo mit einem sarkastischen Grinsen. »Die auch daraus besteht, Quark um seinen Gewinn zu bringen? Nein, Odo, ich habe wirklich keine Hinweise darauf, daß sie etwas getan haben, das Deep Space Nine ernsthaft schaden könnte. Ich versichere Ihnen, in der Sekunde, da ich …«

Nog atmete tief ein. Er hatte sich hinter der Kommandokonsole verborgen. Jetzt trat er hervor. »Commander Sisko«, sagte er. »Ich muß mit Ihnen sprechen.«

»Du schon wieder?« Mit einem entrüsteten Brummen trat Odo vor und ergriff seinen Arm. »Du hast deine Lektion also nicht gelernt«, sagte er. »Na schön – diesmal werde ich mich persönlich mit dir befassen.«

»Commander!« rief Nog verzweifelt. »Lokalisieren Sie Jake!«

»Warten Sie«, sagte Commander Sisko zu Odo und drehte sich zu einer Konsole um. »Computer«, sagte er, »lokalisiere Jake Sisko.«

»Jake Sisko ist nicht auf Deep Space Nine«, sagte der Computer nach einem Augenblick.

Commander Sisko runzelte die Stirn. »Wann hat er die Station verlassen?« fragte er.

»Jake Sisko ist an Bord von Deep Space Nine«, sagte der Computer.

»Und wo auf der Station ist er?« fragte der Commander.

»Jake Sisko ist nicht auf Deep Space Nine.«

Sisko und Odo sahen sich an. Der Commander überlegte kurz. »Computer«, sagte er dann, »erkläre deine Aussagen über Jake Sisko.«

»Jake Sisko ist an Bord von Deep Space Nine. Jake Sisko ist nicht an Bord von Deep Space Nine«, erwiderte der Computer.

»Was stimmt denn nun?« rief der frustrierte Commander.

»Beides«, erwiderte der Computer.

Sisko atmete tief ein. »Lassen Sie Nog los, Odo«, sagte er. »Ich glaube, wir haben hier ein übles Problem.«

7

Als Jake durch die Station ging, kam er sich vor, als schritte er durch ein Raumschiff aus Glas. Durch die transparenten Bodenplatten leuchteten rote, gelbe und blauweiße Sterne unter Jakes Füßen. Er blinzelte staunend angesichts des komplizierten Netzwerks der Energieleitungen, Sensorkabel und Servogeräte, die er in den durchsichtigen Wänden ausmachen konnte. Er kam sich vor, als würde er ein Röntgenbild der Station betrachten. Ein- oder zweimal kamen er und Dhraako an einem Bajoraner oder Menschen vorbei, doch die anderen bemerkten das ungleiche Paar nicht mal. Die nebelhaften, trüben Gestalten trieben stumm vorbei, und ihre Gesichtszüge waren kaum auszumachen.

Hier entlang, teilte das Sprechgerät ihm mit. Dhraako justierte das Instrument mit den Kugeln und Kristallen, und mit einem Lichtblitz wurde die gesamte Umgebung noch durchscheinender. *Komm,* sagte Dhraako. *Bewege dich langsam, Jake Sisko. Folge Dhraako.* Der Suchende glitt einfach durch eine geschlossene Tür.

Jake schluckte. Er trat ganz langsam vor und fühlte, daß er durch die geschlossene Metalluke drang! Es war, als schritte er durch eine kalte, prickelnde Wand aus Wasser. »Hervorragend«, sagte er auf der anderen Seite. »Können wir das noch mal machen?«

Wenn nötig. Dhraako bediente das Gerät, ein weiterer Blitz zuckte auf, und die Station wurde wieder etwas sichtbarer. Dhraako hatte Jake zu einem schmalen Sims

in einem leeren zylindrischen Schacht geleitet, der geradewegs abwärts führte.

Jake wußte, wohin sie gingen. »Warten Sie«, sagte er. »Dieser Versorgungsschacht führt zu einem der beschädigten Reaktoren. Die Strahlung da unten wird uns töten!«

Nein, versicherte Dhraako ihm. *Jake Sisko und Dhraako sind für solch eine Strahlung völlig durchlässig.*

Es fiel Jake nicht leicht, dem Dhraakellianer zu vertrauen, doch schließlich schluckte und nickte er. Dhraako drehte sich um und trat auf eine Leiter, die in die Wand des Notschachts der Liftröhre eingelassen war, und Jake folgte ihm. Einige wenige rote Wartungslampen erhellten den Schacht. Da die Cardassianer den Versorgungslift zerstört hatten, mußten

Dhraako und Jake die Notleiter hinabsteigen. Weil der Lift lediglich zu einem nicht funktionsfähigen Reaktor führte, vermutete Jake, hatte O'Brien wohl keinen Grund gesehen, ihn sofort zu reparieren.

Jake hatte Schwierigkeiten, sich an den durchsichtigen Sprossen festzuhalten, die in eine Nische eingelassen waren und geradewegs die Wand des Schachts hinabführten. Würde er unten auf dem Boden zerschmettert werden, wenn er fiel? Oder war er so substanzlos, daß sein Körper durch die Böden und ins All stürzen würde? Er erschauerte und setzte den langen Abstieg fort, wobei er sich bemühte, nicht nach unten zu sehen.

Sie näherten sich dem Ring der cardassianischen Generatoren, die die künstliche Schwerkraft erzeugten. Jake erinnerte sich, einmal gehört zu haben, wie O'Brien sich über die primitiven Geräte beschwerte. Im Hauptkörper der Station war als Ersatz für die altmodischen Gravitationsgeneratoren mittlerweile ein Trägheitsabsorber der Föderation eingebaut worden, doch hierher kamen so wenig Leute, daß O'Brien diese alten Generatoren nicht ausgetauscht hatte. Was würde geschehen, wenn sie an ihnen vorbeigegangen waren?

Er fand es bald heraus. Sie erreichten eine schmale Zone, in der verwirrende Gewichtslosigkeit herrschte, und Dhraako drehte sich um, so daß sein Kopf nun dort war, wo gerade noch seine Füße gewesen waren. Der Suchende ging weiter – aus ihrer ehemaligen Perspektive stieg er nun ›abwärts‹. Jake folgte ihm. Schon bald spürte er den Sog der Schwerkraft, und dann schien er aufwärts zu steigen, obwohl er sich noch immer dem untersten Teil der Station näherte. Das alles war sehr verwirrend.

Jake wußte, daß die große Raumstation in etwa die Form eines Kreisels mit einem langen Stiel in der Mitte hatte. Drei Ausbauchungen unterbrachen den Stiel. Von oben nach unten und von der größten bis zur kleinsten waren in diesen Decks die OPS und die Promenade, die Frachtkammern und technischen Stationen sowie, ganz unten, die Kernreaktoren untergebracht. Der Habitatring, in dem das Personal der Station und die Besucher wohnten, war von der Promenade aus über Verbindungssegmente zu erreichen, und dieser zusätzliche Kreis verlieh Deep Space Nine das kreiselähnliche Aussehen. Der Gravitationsgürtel befand sich unterhalb der bewohnten Teile der Station, aber oberhalb der Reaktoren. Nun, da sie auf der anderen Seite waren, hatte die Schwerkraft sich umgekehrt und zog sie zum Gürtel ›hinauf‹. Der Schacht führte von hier aus direkt in die gefährliche Reaktorsektion.

Vor ihm brannten zwei weißglühende Sonnen. Jake wurde klar, daß er in die Herzen der beiden aktiven Fusionsreaktoren sah. Er atmete tief ein. Wäre er ungeschützt in seinem normalen Zustand hier, würde die Strahlung ihn in Sekundenschnelle braten. Doch er spürte nichts, und Dhraako kletterte ungerührt weiter. Jake stellte sich das schreckliche Gefühl vor, mit dem die Strahlung seine Haut versengte, sein Haar verbrannte, ihn wie ein Steak grillte. Er mußte allen Mut zusammennehmen, um dem Dhraakellianer auch weiterhin zu folgen.

Endlich gelangte Dhraako zu einer runden Plattform und wartete dort, bis auch Jake sie erreicht hatte. Jake blieb stehen und ruhte sich einen Augenblick lang aus; seine Arme und Beine schmerzten von dem langen Abbeziehungsweise Aufstieg, und seine Brust hob und senkte sich schwer, während er sich bemühte, wieder zu Atem zu kommen. Er war nicht nur vom Klettern erschöpft, sondern auch hundemüde. Es mußte nach

Mitternacht sein. Dann streckte der Suchende einen langen, hageren, mit drei Gelenken versehenen Arm aus und zeigte nach vorn. Jake runzelte die Stirn. »Ich kann nichts sehen, Dhraako.«

Dhraako wird Körperlichkeit justieren. Schließe die Augen, Jake Sisko.

Erneut folgte diese stumme Lichtexplosion, und als Jake diesmal die Augen öffnete, war die Station fast völlig verschwunden. Dhraako sah nun sehr echt und massiv aus, doch dafür war Deep Space Nine zu einem kaum wahrnehmbaren Geist geworden. Vor der Dunkelheit des Alls leuchteten die Kernverschmelzungsprozesse in einem faszinierenden, schrecklichen Licht. Umgeben wurden sie von den nur ganz schwach umrissenen, kaum auszumachenden Reaktoren. *Dort,* sagte das Sprechgerät.

Jake kniff die Augen zusammen. In den vier toten Reaktoren befand sich noch immer Brennmaterial, und obwohl die Verschmelzungen zum Stillstand gekommen waren, leckte noch so viel Strahlung aus den Reaktorkernen, daß sie wie verdrossene, wütende rote Lichtkugeln aussahen. Neben einer dieser roten Leuchterscheinungen lag eine Zusammenballung von runden Gegenständen. Sie hatten die Größe von Bowlingkugeln und mußten aus einem sehr schweren Material bestehen. Sie waren undurchsichtig, dunkle, runde Formen vor dem wütenden roten Licht des Reaktors. Jake zählte fünf Kugeln, die einander ganz knapp berührten und ringförmig angeordnet waren. »Ja, jetzt sehe ich es. Was ist das?« fragte er.

Dichte Materie, erwiderte Dhraako. Der Suchende drehte sich um und sah Jake an. Sein schmales, lebhaftes Gesicht zuckte auf eine Art und Weise, die der Mensch nicht deuten konnte. *Möglicherweise instabil.*

Nun, da Jake die Kugeln genauer betrachtete, sah er, daß sie um ein Rohr angeordnet waren, das direkt ins Herz eines der toten Reaktoren führte, obwohl das Rohr selbst unsichtbar war. »Woraus bestehen sie? Aus atomarem Brennstoff?« fragte er.

Dichte Materie, wiederholte Dhraako. Der Suchende schien Schwierigkeiten zu haben, Jake diesen Begriff zu erklären. *Wie die Cardassianer sie beim Bergbau und anderen Zwecken benutzen. Kann plötzlich starke Energie abgeben.*

Jake begriff. »Eine Bombe!« rief er. »Sie wollen mir sagen, daß sich in dem Reaktor eine Bombe befindet!«

Vernichtungsgerät, erwiderte Dhraako. *Von den Cardassianern zurückgelassen. Einer derjenigen, der es dort angebracht hat, ist zurückgekehrt, der namens Chok. Diese dichte Materie war inaktiv. Jetzt hat einer der Cardassianer dafür gesorgt, daß die Reaktionen erneut beginnen.*

»Eine Zeitbombe«, sagte Jake. Plötzlich war ihm ganz kalt. »Die Cardassianer haben eine Zeitbombe gelegt, um die Station zu zerstören.« Er griff nach Dhraakos Arm und stellte fest, daß er stabil geworden war. Seine Finger schlossen sich um ein seltsam glattes, kühles Material und den knöchernen Arm darunter. »Dhraako! Wann wird die Bombe explodieren?«

Läßt sich nicht genau sagen. Eine Frage von einigen wenigen eurer Stunden. Dhraakos Computer arbeitet daran, den genauen Zeitpunkt zu berechnen.

Jake fühlte sich elend und benommen. »Und was wird passieren, wenn sie hochgeht?« fragte er, obwohl er die Antwort bereits ahnte.

Vernichtung, erwiderte Dhraako. *Die Station wird explodieren. Die an Bord befindlichen Personen werden aufhören, in diesem Hier-und-Jetzt zu existieren.*

Alle würden sterben. »Ich muß Dad warnen!« rief er.

Dhraako hat Jake Siskos Versetzung in Dhraakos Dimension bewirkt, um Jake Sisko zu warnen. Jake Sisko muß helfen, Möglichkeit zu ersinnen, andere zu warnen, sagte der Suchende.

»Dann schicken Sie mich zurück!« sagte Jake. »Ich sage es Dad, und er ... er wird etwas unternehmen! Wir müssen die Station retten!«

Der dhraakellianische Suchende drehte sich um, und seine roten Augen schimmerten betrübt. *Geht nicht, Jake Sisko.*

»Was?« rief Jake.

Kann dich nicht in materielles Universum zurückbringen. Kann dich nur von der anderen Seite auf diese holen, aber nicht zurückversetzen.

Jakes Herz hämmerte in seiner Brust. Ihm war schlecht vor Furcht. Dhraako hatte ihm mitgeteilt, daß die bevorstehende Explosion die Station und alle Lebewesen darin in den Untergang schicken würde – und er nichts tun konnte, um diese Explosion zu verhindern!

»Interessant«, murmelte Odo. »In Zukunft werde ich dafür sorgen, daß dieser Gang gesichert wird.«

Nog verdrehte die Augen. Er und Odo suchten nach einer Spur von Jake – und er zeigte dem Gestaltwandler praktisch alle seine Geheimgänge, Abkürzungen und Verstecke. Und nun wollte Odo sie versiegeln. Das war einfach nicht fair! Einem Freund zu helfen, sollte eigentlich profitabler sein.

»Manchmal haben wir uns hier getroffen«, sagte Nog und trat durch eine Türöffnung. Odo folgte ihm hinein. Der Raum war einmal das Quartier eines nicht besonders ranghohen cardassianischen Offiziers gewesen. Nun verfügte er über minimale Energie, die gerade für die Beleuchtung und den Nahrungsmittel-Replikator ausreichte. Jake und Nog hatten einige Möbel zusammengetragen und sich ein behagliches Versteck mit einem Tisch, ein paar Stühlen und einem kleinen Computer eingerichtet. Der Computer war mit dem Stationssystem verbunden, und auf seinem Bildschirm blinkte ein Menu, das hauptsächlich Spiele enthielt.

Odo nickte. »Ihr wart ja sehr fleißig«, sagte er. »Ist das ein Computer der Föderation?«

»Nein!« protestierte Nog. »Das ist nur ein altes cardassianisches Modell. Niemand hat es gewollt, und da haben wir es hierhergebracht, um darauf zu spielen.«

Odo berührte den Bildschirm. Die Anleitung für das

Spiel *Starfleet Commander* erschien und rollte ab. »Ich verstehe«, murmelte der Sicherheitsoffizier. »Ihr habt das System der Spielhalle angezapft. Sehr schön. Du und Jake, ihr könnt hierherkommen und jedes Spiel aufrufen, das euch interessiert, ohne auch nur eine Krediteinheit ausgeben zu müssen.«

»Aber das ist doch bloß langweiliges Zeug«, protestierte Nog. »Das sind keine Hologramme. Dafür bezahlen wir – und wir lassen in der Spielhalle wirklich genug Geld!«

»Tja, als Sicherheitsoffizier kann ich den Diebstahl elektronischer Dienste nicht einfach ignorieren«, sagte Odo. »Ich werde diese Anlage entfernen lassen müssen ... eines Tages, wenn ich mal Zeit habe. Du siehst hier keine Spur von Jake?«

»Nein«, murmelte Nog. »Wahrscheinlich werden Sie meinem Vater und Onkel Quark sagen müssen, daß ich Spielzeit gestohlen haben?«

»Mach dich doch nicht lächerlich«, erwiderte Odo. »Die beiden wären nur von deiner Cleverneß beeindruckt. Ich werde dir nicht helfen, ihre Achtung zu gewinnen.«

Na schön, dachte Nog, *aber man kann einem Ferengi nicht vorwerfen, daß er es zumindest versucht.* »Kommen Sie mit«, sagte er seufzend. »Die anderen Verstecke wollen Sie bestimmt auch sehen.«

Aber Jake war nirgendwo zu finden. Nog wurde immer aufgeregter. »Sie wissen nicht, wie das ist«, sagte er verbittert. »Ich habe keine anderen Freunde.«

Zu Nogs Überraschung ging Odo ein wenig aus sich heraus und drückte sein Mitgefühl aus. »Ich habe überhaupt keine Freunde«, erinnerte der Gestaltwandler ihn. »Doch ich kann deine Gefühle durchaus verstehen, glaube ich. Ist das der letzte Ort?«

»Nein«, sagte Nog, »es gibt noch einen.« Diesen Durchgang wollte er Odo wirklich nicht gern zeigen, denn es handelte sich um denjenigen, der es ihm und Jake erlaubte, sich zwischen der OPS und der Promenade zu bewegen, ohne entdeckt zu werden.

»Ich dachte, das wäre ein abgeriegeltes Gebiet«, sagte Odo, als Nog ihn durch eine Zugangstür führte.

»Das sollte es auch sein, aber die Schlösser und Sensoren haben versagt. Sie wissen ja, was für einen Schlamassel die Cardassianer zurückgelassen haben.«

Odo betrachtete ihn. »Die Cardassianer – oder zwei junge Burschen, die nach Geheimgängen gesucht haben?«

Nog drehte sich zu dem Sicherheitsoffizier um. Die Hände hatte er wütend zu Fäusten geballt. »Jake und ich haben ihn so gefunden!« rief er. »Keiner von uns kann Sensoren und Schlösser knacken. Aber das glauben Sie mir ja sowieso nicht, oder? Sie glauben ja nichts von dem, was ich Ihnen sage!«

Odo lächelte – ein sehr schwaches und kurzes Lächeln, um die Wahrheit zu sagen, aber immerhin. »Ganz im Gegenteil«, sagte er. »*Jetzt* glaube ich dir.«

»Kommen Sie«, sagte Nog. Er betrat den dunklen Gang und wies extra nicht auf die lockeren Bodenplatten hin. Als er hörte, daß Odo hinter ihm stolperte, grinste er. »Den Gang sollten Sie lieber auch absperren«, rief er über die Schulter zurück.

»Es ist zu gefährlich, daß Kinder ihn erkunden«, erwiderte Odo. »Du und Jake, ihr könntet euch verletzen oder … was ist das für ein Geräusch?«

Nog erstarrte. Seine großen Ohren zitterten beinahe, als er lauschte. Er hörte das knirschende Schwirren eines Fahrstuhls, der in der Nähe vorbeifuhr. Doch die

Turbolifte in diesem Bereich waren alle defekt – oder nicht? »Es kommt von oben«, sagte er.

Odo trat zu ihm. »Gehen wir weiter.«

Sie schritten durch eine langgezogene Biegung des Ganges, und das knirschende Geräusch wurde immer lauter. Nog blieb stehen. »Das ist er«, sagte er und deutete auf eine geschlossene Lifttür. »Die Kabine kommt hierher.«

Odo legte die Hand auf Nogs Schulter. »Still«, sagte er. »Wenn es nicht Jake ist, könnten es …« Er hielt inne, doch Nog konnte seinen Gedanken erraten: Es könnten die Cardassianer sein, die irgendeine Schurkerei im Sinn hatten. Sie mußten nicht lange warten, doch Nog kam diese Zeit wie eine kleine, quälende Ewigkeit vor.

Endlich hielt die Kabine polternd an. Mit einem protestierenden Stöhnen öffneten sich die lange nicht mehr benutzten Türen und enthüllten eine Fahrgastzelle, die in das schwache, rote Licht einer Notbeleuchtung getaucht war.

»Sie ist leer!« rief Odo.

»Nein!« schrie Nog und zeigte mit einem zitternden Finger auf etwas. »Odo, sehen Sie sie nicht? Sehen Sie Jake nicht? O nein! Jetzt ist es passiert – *jetzt ist Jake auch ein Ferengest!*«

8

Als die Fahrstuhltüren sich öffneten, war Jake fast so überrascht wie Nog. Einen Augenblick lang stand er wie betäubt neben dem Suchenden und starrte die geisterhaften Gestalten seines Freundes Nog und des großen, schlanken Odo an. Dann hörte Jake schwach Nogs erschrockenen Schrei und sah, daß er sich entsetzt von Odo losriß. »Warte!« rief Jake so laut er konnte. »Nog! Ich brauche deine Hilfe!«

Zu spät. Der junge Ferengi hatte sich von Odos Griff befreit und lief stolpernd den Gang entlang. Jake folgte ihm und rief ihm zu, er solle stehenbleiben. Er wußte nicht, ob Nog ihn überhaupt hören konnte. Falls er überhaupt ein Geräusch von sich geben konnte, das normale Wesen verstanden, so handelte es sich vermutlich um einen ganz leisen, fernen Ton, wie das hohe Summen einer denerianischen Kleinfliege. Nog schaute mit einem Ausdruck des nackten Entsetzens ein- oder zweimal über die Schulter zurück. Jake blieb schließlich stehen, und sein Freund stolperte um eine Ecke und außer Sicht.

Als Jake umkehrte, begegnete er Odo. Der Sicherheitsoffizier ging an ihm vorbei – doch plötzlich blieb er stehen, drehte sich um und neigte den Kopf, und seine Lippen bewegten sich. Jake bemühte sich zu verstehen, was der Gestaltwandler sagte, konnte jedoch nur die Worte »Ist da jemand?« ausmachen.

»Ja!« rief Jake. »Ich, Jake Sisko! Hilfe, Odo!«

Odo blieb einen Moment lang unentschlossen stehen. Dann drehte er sich mit einer wütenden Bewegung um und ging weiter. Der Suchende glitt leise auf Jake zu. »Niemand kann mich hören«, beklagte Jake sich.

Leider, erklärte Dhraakos Sprechgerät. *Ihre Laute sind für uns ganz schwach. Unsere können sie nicht hören – bis auf die Jungen.*

»Das ist es!« sagte Jake nachdenklich. »Molly! Können wir mit ihr sprechen?«

Die Kleine kann hören. Wieviel sie versteht, weiß Dhraako nicht.

»Sie muß gar nichts verstehen«, sagte Jake. »Sie muß nur hören, was ich sage, und es Keiko ausrichten – oder Chief O'Brien. Kommen Sie mit! Ich weiß, wo sie wohnt.«

Als sie durch die geisterhaften Gänge von Deep Space Nine schritten, aktivierte Dhraako plötzlich das Sprechgerät. *Jake Sisko. Dhraako ist eine Möglichkeit eingefallen, dich in dein Universum der materiellen Existenz zurückzubringen.*

»Was?« fragte Jake.

Es ist kompliziert. Dhraako hat die Funktion des Geräts beobachtet, das ihr Transporter nennt.

»Ja«, sagte Jake. »Was ist damit?«

Dhraakos Finger bewegten sich über die kristallinen Stangen. *Wenn dein Körper vom Transporterstrahl erfaßt und von einem Ort zum anderen transportiert wird, befindet er sich hier.*

»Hier?« fragte Jake. Er blieb stehen, und Dhraako ebenfalls. Die roten Augen schimmerten. »Sie meinen«, sagte Jake, »eine Person, die den Transporter benutzt, befindet sich in der Dimension, in der wir jetzt sind?«

Ja. Einmal davon abgesehen, daß diese Person nur einen Augenblick lang hier und sich in diesem Moment ihrer Um-

gebung nicht bewußt ist. Aber wenn der Transporter dich hierherbringen kann, wenn auch nur kurz …

»Wenn er mich hierherbringen kann«, sagte Jake langsam, »kann er mich auch von hier wegholen! Was müssen wir tun, Dhraako?«

Die Gesichtszüge des Suchenden flimmerten. Jake wurde plötzlich klar, daß er auf diese Weise wahrscheinlich mit seinen Artgenossen kommunizierte, ohne dabei auf Töne zurückgreifen zu müssen. Kein Wunder, daß ihm die menschliche Sprache verwirrend vorgekommen war. Die schmalen Finger manipulierten die Stäbe des Sprechgeräts, und die ruhige Stimme sagte: *Es gäbe mit denen auf der anderen Seite viel zu besprechen. Wenn man einen genauen Zeitpunkt vereinbaren könnte, und wenn du dort sein könntest, wo Dhraako gelebt hat, wäre der Transporter-Operator vielleicht imstande, dich zu lokalisieren, zu …*

»Zu erfassen«, sagte Jake.

Wie du sagst, dich zu erfassen. Der Transporter könnte dich dann wieder auf der anderen Seite materialisieren lassen. Die Gesichtszüge des Suchenden veränderten sich und gestalteten sich um. *Das ist zumindest theoretisch möglich.*

»Theoretisch?« Jake musterte den Suchenden genau. »Was könnte dabei passieren?«

Zögernd fuhr Dhraako mit den Fingern über die Stäbe. *Jake Sisko könnte zwischen dieser Dimension und seiner eigenen verlorengehen.*

Jake erschauerte. In einem Transporterstrahl verlorenzugehen – das wäre ein schrecklicher Tod. Er hatte von ›Transporterträumen‹ gehört, flüchtigen Eindrücken, die ein paar Leute gelegentlich beim Beamen hatten. Niemand konnte diese Phänomene erklären, und die meisten Wissenschaftler hielten sie einfach für

Illusionen. Sie schienen niemandem zu schaden, und die wenigen Personen, die so etwas erlebt hatten, vergaßen es schnell wieder. Jake schüttelte den Kopf. »Wir werden es wohl darauf ankommen lassen müssen«, sagte er zögernd. »Doch zuerst sollten wir Molly suchen. Kommen Sie – sie ist unsere einzige Hoffnung, mit Dad kommunizieren zu können.«

Sie gingen schweigend weiter. Für Jake war es schon sehr spät, und er war erschöpft und sehnte sich nach Schlaf. Doch er wußte, daß die Bombe jeden Augenblick explodieren konnte. Zum Ausruhen war keine Zeit. »Sie ist da drin«, sagte er, als sie das Quartier der O'Briens erreicht hatten. »Um durch die Tür zu kommen, müssen wir uns wohl … äh … verdünnen.«

Der Suchende hob sein Gerät, und Jake verspürte die schwache, aber trotzdem Übelkeit erregende Verzerrung, mit der die Station verblich. Er und Dhraako traten einfach durch die geschlossene Tür, und dann durch die zum Kinderzimmer. Dort justierte Dhraako Jakes Zustand wieder, und sie traten neben Mollys Bett. Die Beleuchtung war bis auf ein schwaches Nachtlicht ausgeschaltet. Das kleine Mädchen schlief tief und fest; neben ihm lag ein Teddybär. *Dhraako hat die Kleine noch nie zuvor geweckt*, sagte er leise über das Sprechgerät. *Dhraako wollte ihr keine Angst machen.*

»Ich übernehme das«, sagte Jake. »Molly«, gurrte er. »Hallo, Molly! Du mußt aufwachen! Deine Freunde sind hier.«

Molly verzog im Schlaf leicht das Gesicht und drehte sich auf die Seite. Jake rief sie erneut, diesmal etwas lauter. Einen Moment lang tat sich nichts, und er hatte schon Angst, sie würde ihn nicht hören. Doch dann blinzelte sie, öffnete die Augen schließlich vollends,

rieb sie mit dem Handrücken und grinste ihn an. »Hallo, Jake«, sagte sie. Ihre Stimme klang schwach und leise, doch er konnte ihre Worte verstehen, und sie hörte offensichtlich die seinen. Zumindest das war eine Erleichterung.

Jake hätte sie umarmen können – doch er vermutete, hätte er es versucht, wären seine Arme einfach durch ihren Körper geglitten. Er erwiderte das Grinsen. »Hallo, Molly. Tut mir leid, daß ich dich wecken mußte.«

»Noch dunkel«, sagte sie. »Wo ist Mami?«

»Wir rufen sie gleich«, sagte Jake. »Siehst du, wer noch hier ist?«

Molly setzte sich in dem Bett auf und grinste. »Dhraako!« quiekte sie. »Hat dir das Bild nicht gefallen, das ich gemalt habe?«

Das Bild war schön, antwortete der Suchende.

»Weil du davongelaufen bist. Ich dachte, es hätte dir nicht gefallen.«

»Molly«, sagte Jake. »Du bist doch ein kluges Mädchen, oder?«

Molly grinste schüchtern. »Weiß nicht.«

»Glaubst du, du kannst alles sagen, was ich sage?«

»Ist das ein Spiel?« fragte Molly.

»Genau«, sagte Jake. »Das ist ein Spiel.« Er hoffte, daß es mehr als das sein würde, doch Molly war zu jung, um dies zu verstehen. »Du weißt, daß deine Mami Dhraako nicht sehen kann?«

»Erwachsene sind komisch«, stimmte Molly zu und rümpfte die Nase.

Jake hätte fast gelacht. Er mußte Molly beipflichten; auch er kannte einige sehr komische Erwachsene. »Ja, das sind sie«, sagte er. »Na ja, deine Mami kann mich jetzt auch nicht hören. Das kommt daher, weil ich dort bin, wo Dhraako ist. Also mußt du ihr alles sagen, was ich sage. Einverstanden?«

»Einverstanden«, sagte Molly.

»Na schön. Dann rufe deine Mutter.« An Dhraako gewandt, fuhr er fort: »Na also. Wünschen Sie uns Glück.«

Glück? fragte der Suchende.

»Das erkläre ich Ihnen später«, antwortete Jake. »Und nun rufe deine Mami, Molly.«

»Mami! Mami!« rief Molly grinsend.

»Noch mal«, sagte Jake.

Molly gefiel dieses Spiel. Sie rief erneut, und obwohl ihre Stimme nur ganz schwach klang, wußte er, daß sie in Wirklichkeit aus vollem Hals brüllte. Nach ein paar Sekunden flammte die Beleuchtung auf, und Keiko kam in den Raum geeilt. Sie trug einen dunkelblauen Kimono und einen besorgten Ausdruck auf dem Gesicht. Sie sprach mit Molly, doch obwohl Jake ganz schwach ein paar Geräusche vernahm, konnte er kein einziges Wort von dem verstehen, was sie sagte.

»Jake ist hier«, quiekte Molly und zeigte auf ihn.

Keiko verschränkte die Arme vor der Brust. Indem Jake genau auf ihre Lippen achtete, bekam er ihre Antwort mit: »Das ist nicht die richtige Zeit, um mit unsichtbaren Freunden zu spielen, Molly. Du mußt jetzt weiterschlafen.«

»Molly, sag genau das«, rief Jake. »Jake ist in einer anderen Dimension.«

Molly drückte ihre Nase zusammen. »Jake ist in 'ner anderen Di … Dimension«, sagte sie und lachte dann.

»Was?« fragte Keiko stirnrunzelnd.

»Molly«, fuhr Jake fort, »sag, daß eine Bombe in den Reaktoren ist.«

Molly versuchte zu wiederholen, was er gesagt hatte: »Jake sagt, Bob ist in dem Faktor.«

»Molly«, sagte Keiko, »du hast geträumt. Möchtest du ein Glas warme Milch?«

Jake stöhnte leise auf. Seine brillante Idee funktionierte nicht. »Molly«, sagte er, »erkläre deiner Mutter, daß Jake Hilfe braucht.«

»Jake braucht Hilfe«, sagte Molly.

Keiko ging zum Nahrungsmittel-Replikator. »Dein Vater hat sich schon um Jake gekümmert«, sagte sie. »Er liegt bestimmt schon in seinem Bett und schläft. Und das solltest du auch tun.« Kurz darauf kam sie mit der Milch zurück. »Hier«, sagte sie. »Trink das, und dann gehst du wieder zu Bett.«

»Er ist kein Traum«, sagte Molly. Sie klang entrüstet.

»Träume können sehr echt erscheinen«, erwiderte Keiko.

»Mami! Er steht genau dort!« widersprach Molly und zeigte auf ihn.

Keiko holte mit dem Arm aus – und Jake keuchte erschrocken, als er mitten durch seine Brust glitt. »Siehst du?« sagte Keiko. »Hier ist niemand, Schatz. Und jetzt trink deine Milch.«

»Tut mir leid, Jake«, sagte Molly.

Jake lächelte schwach. »Macht nichts, Molly. Schlaf weiter. Dhraako und ich werden eine andere Möglichkeit finden.«

Sie ließen Molly und Keiko zurück. Auf dem Gang sagte Jake: »Es gibt nur noch eine andere Person, die uns sehen kann. Ich muß Nog suchen. Da er mich jetzt für eine Art Geist hält, wird er in keinem unserer üblichen Verstecke sein. Wahrscheinlich hält er sich bei jemandem auf, von dem er hofft, daß er ihn beschützen kann. Wir müssen zu Quarks Spielkasino.«

Mittlerweile war es schon sehr spät. Die letzten Gäste waren bereits aus Quarks Bar und Restaurant gegangen, getaumelt oder gekrochen; ein gähnender Quark stand hinter dem Tresen und zählte die Tageseinnahme. Die Tür zu seinem Büro hinter ihm stand offen. Jake und Dhraako gingen hindurch, und tatsächlich lag Nog im Schlaf der Erschöpfung auf dem Sofa.

»Glauben Sie, er wird mich hören können?« fragte Jake den Suchenden.

Schwer zu sagen, erwiderte Dhraako. *Vielleicht. Die Nog-Form kann Dhraako besser sehen als Jake Sisko, aber nicht so gut wie Molly. Vielleicht hört Nog dich, wenn du laut sprichst.*

»Es ist auf jeden Fall einen Versuch wert«, sagte Jake. »Zumindest ist es hier ruhig.« Dann machte der Suchende sich auf Jakes Vorschlag so durchscheinend, daß sogar Jake ihn nur noch mit Mühe ausmachen konnte. Er vermutete, daß Dhraako in dieser Form für Nog völlig unsichtbar sein würde. Es war besser, wenn der junge Ferengi nur seinen menschlichen Freund und nicht noch dazu ein uraltes Schreckgespenst sah. Zufrieden beugte Jake sich hinab und rief, so laut er konnte, Nogs Namen. Der Ferengi riß die Augen auf und drückte sich in die Ecke. Er war zu verängstigt, um auch nur zu schreien. Jake hob die Hand und lächelte, um seinem Freund zu zeigen, daß er ihm keinen Schaden zufügen wollte.

Nog machte eine seltsame Geste, bei der er zwei Finger kreuzte. Jake überlegte, wie er mit ihm kommunizieren konnte. Plötzlich hatte er eine Idee. Er hielt einen Finger der linken und dann einen der rechten Hand hoch. Dann fügte er die Hände zusammen, senkte den linken Finger und hielt zwei der rechten Hand hoch. Schließlich wiederholte er das Ganze, wobei er allerdings links zwei Finger hochhielt und mit der rechten Hand dann drei Finger zeigte; dann wiederholte er das Spiel mit den Fingern. Hatte Nog die universelle Sprache der Mathematik verstanden. Eins plus eins ist zwei; zwei plus eins ist drei; drei plus eins ist vier …

Nog starrte ihn entgeistert an. Dann hielt er beide Hände hoch und fügte den vier Fingern einen hinzu, damit fünf daraus wurden. Er hatte verstanden – und zum Glück auch, bevor Jake die Finger ausgingen. »Jake?« fragte er. Indem er ihm von den Lippen ablas, konnte er das Wort erkennen.

»Ja!« sagte er übertrieben laut und nickte.

»Bist … bist du tot?« fragte Nog.

Jake schüttelte nachdrücklich den Kopf. »Ich hänge fest«, sagte er langsam.

»Rest?« fragte Nog. »Wer gibt dir den Rest? Der Ferengest?«

»Nicht Rest – *fest*.« Jake ging hin und her und tat dann so, als klebe sein Fuß auf dem Boden fest.

»Du hängst fest!« rief Nog. Diesmal konnte Jake seine schwache Stimme hören. »Du lebst also?«

Jake nickte erneut. Dann zeigte er auf sich und danach auf das leere Sofa neben Nog.

Der junge Ferengi runzelte die Stirn. »Du … du willst dorthin zurück, wo ich bin?«

Jake grinste und nickte so heftig, daß er befürchtete, jeden Augenblick würde sein Kopf abfallen. »Ja!«

Nog kratzte sich an der Stirn. »Du mußt lauter sprechen. Ich höre dich kaum. Wie … wie kommst du zurück?«

Jake konnte nicht lauter sprechen. Er hatte bereits aus vollem Halse geschrien. Jetzt war eine gewisse Schauspielkunst erforderlich. Zuerst stellte Jake pantomimisch einen Transporter-Ingenieur dar, der seine Kontrollen bediente. Dann lief er durch das Zimmer, zog einen imaginären Kreis auf den Boden und stellte sich hinein. Dann winkte er flatternd mit den Händen, um anzudeuten, daß er aufleuchtete und verschwand. Schließlich sprang er an eine andere Stelle, schlug auf seinen Bauch und nickte erleichtert, weil er wieder materialisiert war.

»Der Transporter!« sagte Nog. »Du mußt den Transporter benutzen!«

Jake klatschte in die Hände, legte sie dann zusammen und hob sie über den Kopf. »Ausgezeichnet, Nog!« Dann zeigte er auf eine antike Ferengi-Uhr, die Quark auf seinem Schreibtisch aufbewahrte.

»Uhr«, sagte Nog. »Stunden. Eine bestimmte Zeit? Oh – du mußt zu einem bestimmten Zeitpunkt gebeamt werden?«

Nog war in diesem Spiel wirklich hervorragend. Jake betrachtete das Zifferblatt. Zum Glück hatte Quark die Uhr auf die offizielle Bordzeit eingestellt. Jake zeigte auf die nächste volle Stunde; bis dahin blieben ihm noch genau fünfundvierzig Minuten Zeit. Nog begriff. Dann kam der schwerste Teil. Jake winkte Nog und trat dann rückwärts aus dem Raum.

»Ich s-soll dir folgen?« fragte Nog. »Äh … werde ich dann auch so enden wie du?«

Jake schüttelte den Kopf.

»Ich weiß nicht, ob ich dir vertrauen kann«, sagte Nog.

Jake riß verzweifelt die Arme hoch. Dann deutete er langsam zuerst auf Nog und dann auf sich selbst. Er legte die Hände zusammen und hob und senkte sie wieder. Damit ahmte er einen begeisterten Händedruck nach.

»Wir … wir sind Freunde«, sagte Nog. Er kannte den alten irdischen Brauch des Händeschüttelns. Schließlich biß er sich mit seinen scharfen Zähnen auf die Lippe. »Na schön«, sagte er dann. »Mögen die Ohren meiner Ahnen meine Bitte um Schutz vernehmen! Gehen wir.«

Quark sah scharf auf, als sie die Bar betraten. »Nog! Ich habe dir doch gesagt, du sollst in meinem Büro bleiben! Wohin willst du?« bellte er wütend. »Ich muß dich bestrafen, weil du …«

»Später, Onkel!« rief Nog; er, der geisterhafte Jake und der fast unsichtbare Dhraako eilten auf die Promenade hinaus und schlugen einen der Schleichwege der Jungen ein.

9

»Ich bin beeindruckt«, sagte Nog. »Nicht mal *ich* bin je hier unten gewesen!« Jake hatte den Kniff beim Lippenlesen jetzt wirklich heraus und konnte Nog ziemlich gut verstehen. Der junge Ferengi hatte entweder seine Selbstbeherrschung zurückgewonnen, oder aber es gelang ihm ziemlich gut, seine Angst zu verbergen. Er und Jake standen in dem großen Raum, den Dhraako als Hauptquartier benutzt hatte und der noch immer nur schwach vom rötlichen Schimmer der Notbeleuchtung erhellt wurde. Als Nog mitten durch den brusthohen, metallenen Pilz gegangen war, hatte Jake erstaunt geblinzelt. Dann fiel ihm wieder ein, daß das pilzförmige Gerät ja Dhraako gehörte. Für Jake war es wirklicher und fester als alles andere im Raum, für Nog hingegen unsichtbar.

»Und was nun?« fragte Nog.

Jake konnte Dhraako in dem schwachen Licht nicht deutlich ausmachen, doch der Suchende stand direkt neben ihm. Die tonlose Stimme des Sprechgeräts sagte: *Zeige Nog, daß Jake Sisko stehen wird, wo ich stehen werde. Der Transporter muß versuchen, Jake Sisko genau dort zu erfassen.*

Jake kniff die Augen zusammen, um Dhraako besser ausmachen zu können. Die leuchtende humanoide Gestalt blieb einen Meter von dem seltsamen Metallpilz entfernt stehen und trat dann wieder zurück. Jake trat an genau dieselbe Stelle. Erneut zog er einen Kreis auf den Boden. Dann sah er Nog erwartungsvoll an.

Nog nickte. »Ich glaube, ich habe kapiert. Du wirst in« – er sah auf seinen Chronometer – »in sechsunddreißig Minuten genau dort stehen. Dann muß der Transporter aktiviert werden und dich dort erfassen. Alles klar. Ich habe mir die Deckebene und die Raumnummer eingeprägt. Suchen wir deinen Vater.«

Ja, sagte Dhraakos Sprechgerät zu Jake. *Du gehst. Dhraako wird hierbleiben und Computerberechnungen abschließen.*

Jake und Nog eilten los. Die Zeit wurde knapp – in mehr als nur einer Hinsicht, aber das konnte Nog nicht wissen. Wenn die Bombe in die Luft gehen würde, bevor die Transportercrew Jake zurückholen konnte, war alles verloren. Doch auch wenn der Zünder auf einen späteren Zeitpunkt eingestellt war, bestand die Möglichkeit, daß Jake nicht zurückgeholt werden konnte. Dann würde die Station explodieren, und alle darauf würden sterben. Oder doch nicht? Jake fragte sich, was mit ihm und Dhraako geschehen würde. Wenn sie die harte Strahlung in der Nähe eines Reaktorkerns überstanden – was konnte eine Explosion ihnen dann anhaben? Doch wenn er sie überleben sollte, würde er auch im feindlichen Vakuum des Weltraums existieren können? Eine Mischung aus Erschöpfung und Entsetzen ließ ihn zittern. Dieses Experiment wollte er lieber nicht wagen.

Jake und Nog nahmen jede Abkürzung, die sie kannten, und erreichten knapp sieben Minuten später die OPS. Ihnen blieb nur noch eine halbe Stunde! In der Kommandozentrale der Station herrschte anscheinend das nackte Chaos. Jake hätte vor Erleichterung fast geschrien, als er seinen Vater erblickte, der hinter der Kommandokonsole stand. Auf seinem normalerweise entschlossenen Gesicht ließen sich deutlich Müdigkeit und Besorgnis ausmachen. Commander Sisko sprach gerade, und Jake war sein Gesichtsausdruck so vertraut, daß er wußte, was er sagte, bevor sie vor ihm standen.

»O'Brien«, sagte Sisko in einen Kommunikator, »ist die Reparatur der Schaltkreise im Andockring abgeschlossen?« Er lauschte kurz einer Antwort, die Jake nicht hören konnte. Dann blies er die Wangen auf und sagte: »Ausgezeichnet, denn Chok hat mich gerade informiert, daß unsere Zeit abgelaufen ist. Natürlich haben Starfleet und die Bajoraner nicht auf sein Ultimatum reagiert, aber Chok ist keinem logischen Argument zugänglich. Sein Schiff wird in fünf Minuten aufbrechen.« Noch eine Pause, und dann grinste Sisko humorlos. »Sie haben völlig recht. Wünschen wir ihnen eine gute Reise.«

Eine aufgrund von Schlafmangel gereizt und verdrossen wirkende Major Kira trat zu Sisko. »Commander«, sagte sie, »das cardassianische Schiff signalisiert, daß es startbereit ist. Die Sicherheit meldet, daß alle Cardassianer die Station verlassen haben und sich an Bord des Schiffes befinden. Alle Mitglieder von Choks Mannschaft wurden überwacht.«

»Sie haben die Erlaubnis, das Dock zu verlassen«, sagte Sisko. Dann berührte er wieder den Kommunikator. »Odo«, sagte er, »irgendeine Spur von Jake?« Jake beobachtete, wie sein Vater ein langes Gesicht zog. »Na ja, setzen Sie die Suche fort! Verdammt, er *muß* doch irgendwo an Bord der Station sein!«

»Er ist hier!« rief Nog.

Alle erstarrten. Sisko wandte den Blick von der Konsole ab und sah Nog an. »Hier? Wo?« fragte er.

Nog zeigte auf Jake. »Sie können ihn nicht sehen«,

sagte er. »Er hängt fest. Aber ich weiß, wie wir ihn zurückholen können.«

Ein Sicherheitswächter trat vor, doch Sisko streckte einen Arm aus und bedeutete dem Mann, er solle wieder zurücktreten. »Ich weiß nicht, was du mit ›festhängen‹ meinst, aber wie können wir Jake zurückholen?« fragte Sisko.

»Sie müssen einen Transporter auf die Koordinaten einstellen, die ich Ihnen nennen werde, und nach Jakes Lokator-Signal suchen«, sagte Nog. »Und das muß in *genau* vierundzwanzig Minuten geschehen.«

Sisko schlug auf seinen Kommunikator. »Chief O'Brien, treffen Sie mich sofort im Transporterraum eins«, sagte er und sah dann Nog an. »Hoffentlich hast du auch die Wahrheit gesagt!«

Nog ignorierte ihn und drehte sich zu Jake um. »Geh!« sagte er. »Und beeil dich! Ich warte im Transporterraum auf dich!«

Jake nickte und lief zurück. Er hoffte, daß alles funktionieren würde. Wenn nicht …

Nun ja, wenn nicht, wollte er gar nicht daran denken, was ihm und Deep Space Nine bevorstand.

Ein paar Minuten später stand Nog vor einem Hologramm, einer dreidimensionalen Darstellung des Decks, auf das Jake ihn geführt hatte. Er deutete mit dem Finger genau in die Mitte eines Raums. »Hier«, sagte er. »Jake wird genau dort stehen.«

Nog und Jakes Vater waren gleichzeitig mit O'Brien in dem Transporterraum gewesen, und der Chief hatte das Hologramm auf dem Computer aufgerufen. Nun warf Commander Sisko dem Chefingenieur einen fragenden Blick zu. »Ein Fertigungsraum«, erklärte O'Brien. »Dort haben die Cardassianer Handfeuerwaffen zusammengebaut. Da Unfälle nie auszuschließen sind, besonders nicht bei cardassianischen Systemen, wurde der Raum stark abgeschirmt. Er befindet sich an einer ziemlich entlegenen Stelle und wurde nicht oft benutzt. Soweit ich weiß, ist er leer.«

»Können Sie diese Koordinaten erfassen?« fragte Sisko.

»Natürlich«, erwiderte O'Brien. »Ich habe auf der *Enterprise* jahrelang die Transporter bedient. Wenn Jake dort ist, hole ich ihn zurück.«

»Noch vier Minuten«, sagte Nog.

Commander Siskos Kommunikator piepte. »OPS an Commander Sisko«, sagte Major Kiras Stimme.

»Hier Sisko«, bestätigte der Commander.

»Sir, Sie kommen besser sofort hierher. Vielleicht braut sich Ärger zusammen.«

Commander Sisko schaute wütend drein. »Was ist denn jetzt schon wieder los?« fragte er. »Fassen Sie sich kurz, Major.«

»Sir, die Cardassianer brechen nicht auf.«

»Das ist doch lächerlich. Sie sind schon abgeflogen, Major. Sie haben die Station verlassen, als ich noch auf der OPS war!« sagte Sisko.

Major Kiras Stimme klang ernst. »Ja, Sir, aber die Cardassianer haben sich lediglich mit Impulskraft zurückgezogen. Sie sind jetzt etwa zehntausend Kilometer entfernt und verharren einfach dort.«

»Was?« sagte Sisko. »Was meinen Sie mit ›verharren‹?«

»Genau das, was ich gesagt habe, Sir. Sie schweben im All, als wollten sie uns beobachten.« Nach einer kurzen Pause fügte Major Kira hinzu: »Als warteten sie darauf, daß etwas geschieht.«

»Major Kira, sondieren Sie sie. Vergewissern Sie sich,

ob sie die Schilde gehoben haben«, befahl Commander Sisko.

»Jawohl, Sir.«

Nog zerrte an Siskos Arm. »Noch zwei Minuten!« sagte er, und seine Stimme überschlug sich vor Aufregung fast.

»Ich weiß«, sagte Sisko. »O'Brien, machen Sie sich bereit.«

O'Brien trat zum Kontrollpanel des Transporters und nahm die nötigen Einstellungen vor. »Jawohl, Sir. Ich gebe jetzt die Koordinaten ein.«

Erneut drang Major Kiras Stimme aus Siskos Kommunikator. »Sir, sie haben ihre Schilde nicht gehoben.«

»Dann stellen Sie auch keine Bedrohung dar«, erwiderte der Commander.

»Nein.« Major Kira klang, als mache sie dieses Eingeständnis nicht gern. »Aber sie haben irgend etwas vor, Sir. Sie müssen etwas vorhaben. Man darf den Cardassianern niemals vertrauen. Ich wiederhole meine Bitte: Sie sollten sofort auf die OPS zurückkehren.«

»Eine Minute!« sagte Nog.

»Ich komme gleich, Major«, sagte Sisko. »Überwachen Sie sie weiterhin. Versuchen Sie nicht, Kontakt mit ihnen aufzunehmen oder irgendwelche Defensivmaßnahmen einzuleiten, die sie mißverstehen könnten. Sobald wir Jake zurückhaben, komme ich direkt zur OPS.«

»Sir, ist es klug, so lange zu warten?«

»Major«, sagte Sisko, »beruhigen Sie sich. Ich weiß, daß Sie den Cardassianern nicht vertrauen, aber es besteht kein Grund, etwas zu überstürzen.«

»Jetzt!« rief Nog.

Chief O'Brien aktivierte den Transporter.

Als Jake wieder in Dhraakos Quartier eintraf, blieben ihm nur noch ein paar Minuten. Der Suchende war noch dort und nahm gerade Einstellungen an einer Kontrolltafel auf dem seltsamen, pilzförmigen Mechanismus vor. Dhraako schaute auf und nickte zur Begrüßung, als Jake hereinkam. »Sind Sie soweit?« fragte Jake.

Nach einer letzten Justierung zog Dhraako das Sprechgerät hervor. *Alles ist bereit, Jake Sisko. Wenn alles so läuft, wie Dhraako es wünscht, wirst du in sieben und einer halben eurer Minuten zu deinen Leuten zurückkehren.*

Jake nickte. »Ich verstehe. Wir … wir werden nach dem Übergang wohl nicht mehr miteinander sprechen können.«

Im Gesicht des Suchenden bildete sich erneut ein völlig undeutbarer Ausdruck. *Das ist richtig, Jake Sisko. Aber du bist jetzt ein Teil des dhraakellianischen Ganzen. Du wirst immer ein Teil des Ganzen sein.*

»Wie?« fragte Jake.

In unseren Erinnerungen.

»Oh.« Trotz seiner Nervosität, Erschöpfung und Besorgnis lächelte Jake. »Und Sie werden immer ein Teil von mir sein, Dhraako. Ich werde Sie nie vergessen.«

Diese Lebensform ist geehrt.

»Ja«, sagte Jake ein wenig verlegen. »Nun, ich ebenfalls.«

Ein helles, blaues Licht blitze stumm auf dem oberen Teil des Metallpilzes auf, und Dhraako beugte sich vor, um es zu betrachten. Plötzlich richtete der Suchende sich wieder auf und strich mit den Fingern hektisch über das Sprechgerät. Als die künstliche Stimme erklang, lag in ihr ein Anflug von beunruhigter Erregung. *Jake Sisko! Dhraakos Computer hat berechnet, wann das Bombengerät explodieren wird! Es wird sehr bald geschehen!*

»Wann?« fragte Jake und kämpfte gegen seine aufsteigende Panik an. »Wieviel Zeit haben wir noch?«

Der Suchende bewegte seine langen, schlanken, knöchernen Finger mit atemberaubender Geschwindigkeit über die Oberfläche des Displays. Jake konnte weder Buchstaben noch Zahlen sehen, und er hörte auch keine Computerstimme, doch eine verwirrende Farbfolge flackerte auf und blitzte, während Lichtdisplays über die Oberfläche des Geräts huschten. Einige pulsierten in hektischem Rot, andere wechselten von Grün nach Gelb, und wieder andere leuchteten blau oder violett. Der Suchende legte eine Hand auf den Mechanismus und hob mit der anderen das Sprechgerät. *Jake Sisko! Die Explosion wird genau drei Komma fünf zwei eurer Minuten nach Abschluß des Transportervorgangs stattfinden.*

»Dreieinhalb Minuten!« Jake war wie vor den Kopf geschlagen. Was konnte er in so kurzer Zeit überhaupt tun? Es war hoffnungslos!

Der Dhraakellianer betrachtete Jake eindringlich mit den großen, leuchtenden Augen. *Jake Sisko! Eine Chance auf Überleben! Wenn wir sofort starten, wird Dhraakos Schiff uns beide in Sicherheit bringen! Was ist Jake Siskos Entscheidung?*

Jake überlegte, ob er Deep Space Nine verlassen sollte. Am liebsten hätte er geweint. Er konnte sich noch daran erinnern, wie seine Mutter bei einem brutalen Angriff der roboterähnlichen Borg gestorben war. War auch sein Vater verloren? Und sein Freund Nog, und alle anderen auf der Station? »Nein«, sagte er, »retten Sie sich, wenn Sie können, Dhraako, aber ich … ich muß bei meiner Familie und meinen Freunden bleiben. Ganz gleich, was geschieht.«

Nach einem Augenblick bedeutete der mit einer Kapuze bedeckte Kopf mit einem grazilen Nicken seine Zustimmung. *Diese Lebensform versteht. Bereite dich vor, Jake Sisko. Der Transport steht unmittelbar bevor.*

»Dhraako … nur für den Fall, daß ich … ich Sie nicht mehr sehe … ich möchte Ihnen danken. Für die Hilfe, die Sie uns geben wollten.«

Der Suchende neigte den Kopf. Die Stimme aus dem Sprechgerät war leise, und Jake glaubte, einen Anflug von Bedauern heraushören zu können. *Diese Lebensform dankt Jake Sisko. Selbst wenn wir beide überleben sollten, kann diese Lebensform Jake Sisko nie wiedersehen. Dhraako muß Deep Space Nine verlassen.*

»Verlassen?« fragte Jake. »Warum?«

Die schmalen Finger glitten über die Kristallstäbe, und die Stimme erklärte: *Es verstößt gegen die Wünsche des Ganzen, daß die Existenz eines Suchenden den Beobachteten bekannt wird. Nur wegen der großen Entfernung zum Ganzen konnte diese Lebensform mit Jake Sisko sprechen und zusammenarbeiten. Diese Lebensform muß die Station verlassen und irgendwo anderes Leben suchen, das sie beobachten kann.* Der Kopf hob sich, und Jake glaubte, Leid in den großen roten Augen ausmachen zu können. *Dhraako wird sich immer an Jake Sisko erinnern. Dhraako hat hier viel über den Begriff Freundschaft gelernt.*

»Sie waren auch mir ein Freund«, sagte Jake. »Uns allen. Nochmals vielen Dank.«

Der Suchende richtete sich auf. Plötzlich wirkte er ganz sachlich, angespannt und aufmerksam. *Bin bereit. Es ist soweit. Schließe Augen, Jake Sisko! Dhraako sagt Lebewohl!*

Jake berührte seinen Lokator, um das Signal zu senden, mit dem man ihn ausfindig machen konnte, und kniff die Augen fest zusammen. Diesmal war die stumme Lichtexplosion viel intensiver und dauerte länger. Er fühlte Hitze auf seiner Haut, und dann das vertraute Prickeln des Transporterstrahls. Dann war da nur noch Stille, Dunkelheit und Furcht.

»Haben Sie ihn?« fragte Sisko mit vor Erregung zitternder Stimme.

Hinter den Transporterkontrollen schwitzte Chief O'Brien. »Ich habe *irgend etwas*«, sagte er. »Ich erfasse ein schwaches Lokator-Signal. Das ist nicht einfach … Es ähnelt einem Transport über eine äußerst große Entfernung. Ich verstärke das Signal jetzt.«

»Ist es Jake?« fragte Nog.

»Ich verliere das Signal«, sagte O'Brien. »Warten Sie … Ich werde dieses Muster auf das von Jake anpassen. Er hat diesen Transporter schon mal benutzt, also müßte sein Körpermuster im Puffer gespeichert sein. Wenn ich dieses hier halten kann, bis ich Jakes Muster gefunden habe, kann ich es damit verstärken … na also! Ich habe es!« O'Briens große, aber überraschend feinfühlige Hände flogen nur so über die Kontrollen, stellten ein, zauberten, versuchten, das Muster aus dem Nichts und in die Wirklichkeit zu ziehen. Schließlich schaute der große Ire mit einem triumphierenden Funkeln in den Augen auf. »Ja, es ist Jake! Halte durch, Junge – jetzt kommt's drauf an!«

Die Transporterfläche pulsierte vor starken Energieströmungen. Ein glitzerndes Muster bildete sich, verblich, kehrte verstärkt zurück und formte sich dann zu einem funkelnden menschlichen Umriß. »Ich habe ihn!« rief O'Brien, und eine Sekunde später stand Jake

Sisko schwankend auf der Transporterfläche und betrachtete sie mit weit aufgerissenen, dunklen Augen.

»Mein Junge!« rief Sisko und trat mit ausgebreiteten Armen vor. »Wo in aller Welt bist du …«

»Keine Zeit!« sagte Jake. »Chief O'Brien, suchen Sie mit den Sensoren nach einer Masse dichten Materials unmittelbar über einem der toten Reaktoren. Die Cardassianer haben dort eine Bombe angebracht – und sie wird gleich explodieren!«

10

»Wo?« fragte Chief O'Brien. »Ich kann sie nicht finden, Jake, wenn du mir nicht genau erklärst, wo ich suchen muß.«

Jake betrachtete mit verzweifelter Aufmerksamkeit das Hologramm von Deep Space Nine. Er wußte ungefähr, wo die Bombe versteckt worden war – aber ungefähr reichte nicht. O'Brien hatte keine Zeit für eine vollständige Sondierung der Kernreaktoren, und überdies erschwerte die Strahlung eine genaue Deutung der Daten. Das holographische Modell der Station schwebte direkt vor Jakes Augen, doch er hatte Schwierigkeiten, die genaue Stelle zu finden, die Dhraako ihm gezeigt hatte. »Das Hologramm sieht ganz anders aus«, sagte er. »Wieviel Zeit haben wir noch?«

»Nur noch anderthalb Minuten«, sagte Nog. »Schnell, Jake. Wie können wir helfen?«

»Hier sieht alles so anders aus«, beklagte Jake sich. Der Schlafmangel bewirkte, daß er sich benommen fühlte. Seine Augen brannten. Könnte er die Station doch nur so sehen, wie er sie gesehen hatte, als er sich in Dhraakos Dimension befunden hatte, dachte er – ja, das war es! »Können Sie das Hologramm durchsichtiger machen?« sagte er zu O'Brien. »Damit ich durch die Böden und Wände sehen kann?«

»Sofort«, erwiderte der Chief. Er stellte das Hologramm neu ein, und es verblich, bis es schließlich wie ein Glasmodell aussah.

Jake beugte sich vor und kniff die Augen zusammen. Ja, das war schon besser. Er glitt mit dem Finger an einem Kühlrohr entlang und zeigte dann auf eine bestimme Stelle. »Genau hier!« sagte er. »Es ist eine Gruppe von fünf Kugeln, die sich um dieses Rohr ballen.«

»Sondieren Sie diese Sektion«, befahl Sisko.

»Sofort, Sir«, sagte O'Brien. Er bediente die Sensoren von der Transporterstation aus. »Nichts«, murmelte er mit vor Anspannung verzerrtem Gesicht. »Nichts ... nein, hier ist es! Fünf fremde Körper, genau, wie Jake es gesagt hat.«

Sisko schwitzte. Er fuhr sich mit der Handfläche über das Gesicht. »Chief«, sagte er, »können Sie die Bombe irgendwie entschärfen?«

»Noch eine halbe Minute!« sagte Nog.

O'Brien schüttelte den Kopf. »Negativ. Aber ich kann sie mit den Transporterkontrollen erfassen! Bei dieser hohen Masse wird der Transporter sie nicht weit befördern können, aber vielleicht reichen ja ein paar tausend Kilometer.« Er nahm die notwendigen Transportereinstellungen vor. »Ich benötige dafür alle zur Verfügung stehende Energie«, warnte er. »Achtung, es geht los!«

Der Transporter summte. Sisko drückte auf seinen Kommunikator. »OPS, legen Sie das cardassianische Schiff auf den Schirm«, sagte er. »Ich will ihre Reaktion sehen, wenn wir diese Sache durchziehen. Bereiten Sie sich darauf vor, auf meine Anweisung die Schilde zu heben.« Genau in diesem Augenblick wurde die Beleuchtung schwächer, und sogar die künstliche Schwerkraft verringerte sich. Jake kam sich ganz seltsam vor, als habe sein Gewicht plötzlich um die Hälfte abgenommen.

»Ich habe die Bombe von Bord gebeamt!« rief O'Brien, als die normale Schwerkraft zurückkehrte.

Der Hilfsschirm erhellte sich und zeigte das im Weltraum wartende cardassianische Schiff. Unmittelbar darauf flammte auf halber Strecke zwischen der Station und dem Raumschiff ein greller Energieblitz auf, als wäre dort ein weißglühender neuer Stern entstanden. »Schilde heben!« befahl Sisko. Jake sah eine rote, kugelförmige Schockwelle, die sich vom Explosionsort ausdehnte. Sie kam näher und näher …

»Schilde gehoben«, meldete Major Kiras Stimme.

Die Schockwelle traf die Station. Das Licht wurde wieder schwächer, und auf dem Bildschirm war nur noch ein statisches Rauschen zu sehen. Dann, nach einem Augenblick der Besorgnis, erwachte der Schirm wieder zum Leben, die Beleuchtung erhellte sich, und alle atmeten auf. »Wir haben es überstanden«, sagte Sisko. »Major Kira, sondieren Sie das cardassianische Schiff.«

»Ich sondiere ... Commander, die Schockwelle hat ihre zentrale Energieversorgung beschädigt. Das Schiff kann weder die Schilde heben noch auf Warpgeschwindigkeit gehen. Warten Sie ... Chok hat das Impulstriebwerk aktiviert. Er will wahrscheinlich fliehen.«

Sisko nickte. »Major«, sagte er, »schicken Sie zwei Flitzer los. Sie sollen das Schiff abfangen. Verhaften Sie Chok und seine Crew im Namen von Starfleet.«

Selbst wenn Jake nicht schon längst gewußt hätte, wie sehr Major Kira die Cardassianer verachtete, hätte die Befriedigung in ihrer Stimme es ihm nun verraten: »Jawohl, Sir. Sofort.«

Sisko drehte sich zu Nog um. »Du warst uns eine große Hilfe«, sagte er. »Ich werde das nicht vergessen.«

»Dann sagen Sie meinem Onkel, daß er mich nicht bestrafen darf«, erwiderte der junge Ferengi. »Damit würden Sie mir einen großen Gefallen tun.«

»Ich werde es ihm sogar offiziell befehlen«, sagte Sisko grinsend.

Jake kam sich wie ein Schluck Wasser in der Kurve vor. Er lehnte sich gegen ein Schott. »Ich bin froh, daß es vorbei ist«, murmelte er.

Sisko legte eine Hand auf Jakes Schulter. »Dank dir, mein Sohn. Aber ich war ganz krank vor Sorge um dich. Was in aller Welt ist passiert? Wo warst du?«

»Dad«, bat Jake, »ich erzähle dir gern die ganze Geschichte. Aber darf ich zuerst ein paar Stunden schlafen? Bitte, Dad!«

»Wir beide hatten einen langen Tag«, sagte Sisko. »Geh sofort in unser Quartier. Ich komme bald nach.«

Irgendwie schaffte Jake es auf sein Zimmer, ohne vor Erschöpfung zusammenzubrechen. Er fiel voll bekleidet auf sein Bett und schlief schon, bevor er die Matratze berührte.

Sein Vater ließ ihn bis Mittag schlafen. Schließlich weckte Sisko seinen Sohn, indem er ihm das Frühstück ans Bett brachte, Toast, Rührei und Orangensaft. Jake verdrückte es zufrieden. Nach dem Frühstück duschte er schnell und zog frische Kleidung an. Dann ging er zu seinem Vater ins Wohnzimmer. »Was ist passiert, nachdem ich eingeschlafen bin?« fragte er.

Sisko grinste ihn an. »Du hast eine aufregende Verfolgungsjagd verpaßt. Chok versuchte, zwei Flitzer der Föderation abzuschütteln, schaffte es aber nicht. Dann drohte er, das Feuer zu eröffnen. Das war ein Bluff. Chok hatte die Schilde seines Schiffs nicht reparieren können, und es wäre Selbstmord gewesen, ohne Schilde auch nur einen einzigen Schuß abzugeben. Schließlich gaben die Cardassianer auf.«

»Dad, ich kapiere das nicht. Warum hat Chok versucht, die Bombe zu zünden, wenn die Cardassianer Deep Space Nine doch als Zwischenlager benutzen wollten?«

Sisko bedachte ihn mit einem grimmigen Lächeln. »Ich habe mit Odo darüber gesprochen. Diese Sache mit der Lagerung von Erzen war nur ein Vorwand. Als die Cardassianer Deep Space Nine damals aufgegeben haben, wollte Chok die Station zerstören, statt sie an uns zu übergeben. Er hat die Bombe gelegt, konnte sie aus irgendeinem Grund aber nicht zünden. Odo vermutet, daß Starfleet etwas zu früh für ihn eintraf.«

Jake runzelte die Stirn. »Also hat er die Geschichte mit der Zwischenlagerung der Erze erfunden, um zurückkehren und die Bombe zur Explosion bringen zu können. Aber warum wollte er die Station ausgerechnet jetzt vernichten?« fragte er.

»Odo vermutet, daß Chok die Kontrolle über das bajoranische Wurmloch ergreifen wollte«, erklärte Sisko. »Das ist das wertvollste Kapital in diesem Quadranten. Zuerst wollte Chok Deep Space Nine in die Luft jagen. Dann hätte er weitere cardassianische Schiffe hierher beordert – und bis Starfleet ebenfalls Schiffe hierher geschickt hätte, hätten die Cardassianer ihre Position festigen können. Da Chok versagt hat, wird die cardassianische Regierung niemals eingestehen, in diesen illegalen Plan verwickelt gewesen zu sein, doch Odo vermutet, daß sie wahrscheinlich genau gewußt hat, was Chok vorhatte.«

»Und was wird aus Chok und seiner Mannschaft?« fragte Jake.

»Die Föderation wird ihnen den Prozeß machen«, sagte sein Vater nachdrücklich. »Heute morgen habe ich mit dem cardassianischen Oberkommando gesprochen. Es behauptet, Chok sei ein Krimineller, der aus eigenem Antrieb gehandelt habe.«

»Glaubst du das etwa?«

Sisko zuckte mit den Achseln. »Es spielt keine Rolle. Wichtig ist nur, daß die Cardassianer jede Verbindung zu Choks Machenschaften zurückweisen. Daher wird es keinen interstellaren Zwischenfall geben, wenn die Föderation ihn und seine Mannschaft wegen Terrorismus anklagt.«

»Und was passiert, wenn man sie für schuldig befindet?« fragte Jake.

»Tja, auf Terrorismus stehen hohe Strafen«, sagte

Sisko. »Man wird sie in eine Rehabilitationsanstalt schicken – doch da sogar die anderen Häftlinge der Föderation die Cardassianer verachten, wird das Leben dort kein Zuckerschlecken für sie sein. Ich halte es aber für wahrscheinlicher, daß die Föderation sie an die Cardassianer ausliefern wird. Wir glauben nämlich, daß die Cardassianer noch immer einige bajoranische Gefangene festhalten. Wenn das stimmt, können wir vielleicht einen Gefangenenaustausch bewirken. Wir geben ihnen ihre Leute im Tausch gegen die Bajoraner zurück.«

»Aber, Dad ... Chok hat versucht, uns zu töten«, wandte Jake ein. »Es kommt mir nicht richtig vor, daß wir ihn einfach ausliefern.«

Siskos Lächeln wurde noch grimmiger. »Mach dir keine Sorgen, Jake. Die Cardassianer gehen mit ihren eigenen Leuten nicht gerade zimperlich um – vor allem nicht, wenn diese bei einer Mission gegen einen Feind versagt haben.« Er stand auf und streckte sich. »Ich habe ein paar Freunde gebeten, später in die OPS zu kommen. Wir alle wollen deine vollständige Geschichte hören.«

»Ich weiß nicht, ob ihr sie glauben werdet«, sagte Jake zu seinem Vater. »Aber ich werde euch alles erzählen, was ich erlebt habe.«

Und ein paar Stunden später erzählte Jake in der OPS einem ansehnlichen Publikum die gesamte erstaunliche Geschichte von Dhraako und der seltsamen Halb-Existenz, die er an Bord von Deep Space Nine geführt hatte. Keiko, Molly, O'Brien, Major Kira, Odo, Commander Sisko, Quark und natürlich Nog lauschten ihm fasziniert. Als Keiko hörte, daß Molly Jake tatsächlich gesehen hatte, entschuldigte sie sich bei ihrer Tochter, ihr nicht geglaubt zu haben, erklärte aber, sie sei der Auffassung gewesen, ihr Mann habe bereits mit Commander Sisko über Jake gesprochen. Sie war davon ausgegangen, daß der Commander seinen Sohn bereits gefunden hatte. Sisko fragte sich, ob es eine Möglichkeit gab, mit Dhraako Kontakt aufzunehmen. »Schließlich verdanken wir ihm unser Leben«, sagte er.

»Ich glaube nicht, daß es möglich ist, Dad«, sagte Jake. »Er hat mir gesagt, die Suchenden dürften ihre Existenz nicht offenbaren. Da wir jetzt wissen, daß Dhraako hier ist, wird er weiterziehen müssen.«

Plötzlich meldete Molly sich zu Wort: »Dhraako sagt, ich soll euch sagen, daß er um sechs ... sechzehn Uhr losfliegt. Falls ihr euch verabschieden wollt.«

»Schnell, Dad«, sagte Jake, »wie spät ist es?« Ihnen blieben noch ein paar Minuten. Sie eilten zu dem großen, leeren Fertigungsraum, den Dhraako seit der Konstruktion von Deep Space Nine zu seinem Hauptquartier gemacht hatte. »Ist er hier?« fragte Sisko.

»Ich sehe ihn nicht«, erwiderte ein enttäuschter Jake. »Nog?«

»Nein«, sagte der junge Ferengi. Er hatte seinen besten Sonntagsstaat angelegt und trug ein funkelndes Stirnband aus Gold und Smaragden. »Molly, ist Dhraako hier?«

»Er steht genau neben dir, Dummerchen«, sagte Molly und zeigte ins Leere.

»Dad, laß das Licht dämpfen«, sagte Jake.

»Computer, Beleuchtung verringern«, befahl Sisko.

Als die Lampen erloschen, grinste Jake. Dort stand die große, schimmernde, kaum sichtbare Gestalt. Die rotgelben Augen funkelten hell. »Ich sehe ihn.«

»Ich auch«, sagte Nog. »Wenn ich genau darüber nachdenke, sieht er eigentlich überhaupt nicht wie ein Ferengest aus.«

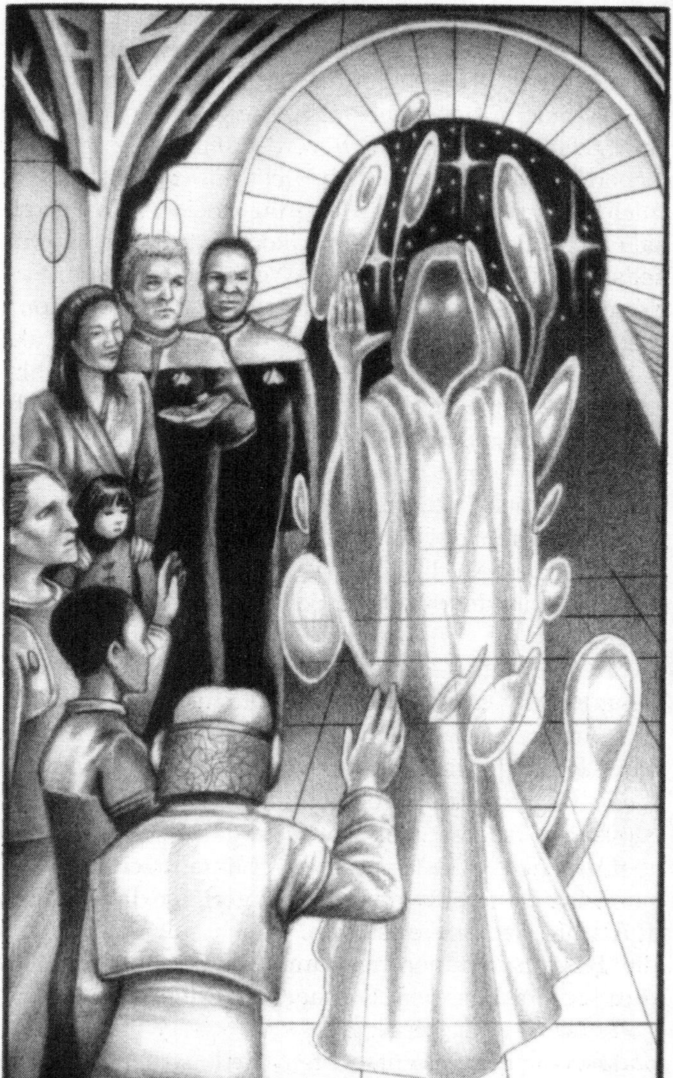

»Ich wünschte, ich wüßte, wovon du sprichst«, murrte Quark. »Du weißt doch, müßiges Geschwätz bringt keinen Profit.«

»Ich glaube, ich sehe ihn«, sagte Odo. »Eine Art schwacher Nebel.«

Commander Sisko seufzte. »Ich muß zu alt sein. Für mich ist er noch immer völlig unsichtbar.« Er wandte sich an Molly. »Bitte sag Dhraako, daß wir alle ihm für seine Hilfe sehr dankbar sind. Wenn er einmal zur Station zurückkehren möchte, wird er jederzeit willkommen sein.«

»Das weiß er«, sagte Molly. »Jetzt sagt er Lebewohl.«

Jake winkte, und Nog und Molly taten es ihm gleich. Grinsend folgte auch Sisko ihrem Beispiel. Nach einem Augenblick verabschiedeten sich sogar Odo, Kira, Keiko, O'Brien und ein sehr verwirrt dreinschauender Quark, indem sie winkten.

»Oh«, sagte Molly. »Der Tisch öffnet sich.«

Jake drehte den Kopf zur Seite. Aus dem Augenwinkel konnte er nun verschwommen das pilzförmigen Gerät ausmachen. Es entfaltete sich und veränderte seine Form. Dann umschloß es Dhraakos Gestalt. Der Mechanismus war so absurd winzig – konnte es sich dabei wirklich um ein Raumschiff handeln?

»Da fliegt er!« rief Molly.

Jake blinzelte. Er war sich nicht ganz sicher, glaubte aber gesehen zu haben, daß das Miniaturschiff sich in einen Energiestrahl verwandelt hatte, der dann mitten durch die Wand gesaust war.

O'Brien hatte einen tragbaren Scanner hervorgeholt. »Ein leichter Energiefluß«, sagte er. »Mehr nicht.«

»Er ist weg«, sagte Nog.

»Ja«, sagte Jake mit echtem Bedauern. »Aber ich werde ihn nie vergessen.« Er grinste Nog an. »Du warst wirklich tapfer, weißt du das? Du hast mich für einen Geist gehalten, hast deine Angst aber überwunden und gelernt, mit mir zu kommunizieren. Und das hat uns alle gerettet.«

»In der Tapferkeit liegt kein Profit«, murmelte Nog und schaute zufrieden, aber auch verlegen drein. »Auf jeden Fall warst du es doch, der sich alles zusammengereimt hat. Letztlich haben du und Dhraako uns gerettet. Ich glaube, du hast uns alle beschützt. Jake Sisko, du warst ein echtes Schaf!«

»Was?« fragte Jake.

»Das werde ich dir ein andermal erklären«, sagte Sisko und kämpfte sichtlich gegen den Drang an, laut loszulachen.

Deep Space Nine rotierte im All. Auf der Station herrschten wieder Friede und Sicherheit. Durch ein Bullauge schaute Jake auf die leuchtenden, unzähligen Sterne des Weltraums hinaus. Er wußte, daß der dhraakellianische Suchende wahrscheinlich schon Millionen von Kilometern entfernt war, eine unsichtbare Energiespur, die durch die Galaxis raste. Vielleicht, dachte Jake, würde Dhraako jetzt, da die Erinnerung an einen Freund ihm Gesellschaft leistete, nicht mehr ganz so einsam sein. Er hoffte es mit ganzem Herzen. Nach einem Augenblick wandte er sich von dem Bullauge ab und grinste Nog an. »Also«, sagte Jake, »was hatte das mit dem *Schaf* zu bedeuten?«